中国文化元素阅读丛书

民俗

任晓燕 王彦艳 主编

中原出版传媒集团
中原传媒股份公司
大象出版社
·郑州·

图书在版编目(CIP)数据

民俗/任晓燕,王彦艳主编.— 郑州：大象出版社,2020.5
(中国文化元素阅读丛书)
ISBN 978-7-5711-0590-7

Ⅰ.①民… Ⅱ.①任…②王… Ⅲ.①小小说-小说集-中国-当代 Ⅳ.①I247.82

中国版本图书馆CIP数据核字(2020)第060401号

中国文化元素阅读丛书

民俗
MINSU

任晓燕　王彦艳　主编

出 版 人　王刘纯
策　　划　杨秦予
责任编辑　王艳芳
责任校对　张绍纳
装帧设计　王莉娟

出版发行	大象出版社(郑州市郑东新区祥盛街27号　邮政编码450016)
	发行科　0371-63863551　总编室　0371-65597936
网　　址	www.daxiang.cn
印　　刷	河南新华印刷集团有限公司
经　　销	各地新华书店经销
开　　本	720 mm×1020 mm　1/16
印　　张	8
字　　数	118千字
版　　次	2020年5月第1版　2020年5月第1次印刷
定　　价	20.00元

若发现印、装质量问题,影响阅读,请与承印厂联系调换。
印厂地址　郑州市经五路12号
邮政编码　450002　　电话　0371-65957865

目录

001 鼓一张 ---- 冯骥才
004 群山之巅 ---- 何君华
007 拦新娘 ---- 包兴桐
010 端午 ---- 包兴桐
013 郁剪剪 ---- 聂鑫森
016 柳家烟火 ---- 孙方友
019 舞龙 ---- 蔡呈书
021 箬叶飘香 ---- 刘国芳
024 酱油朱 ---- 马犇
027 老圣人 ---- 赵长春
030 猴上猴 ---- 张港
033 闯码头 ---- 相裕亭
036 朱刚子的油画 ---- 袁省梅
039 写春联的老王 ---- 刘立勤
042 祖母做好了粽子 ---- 茅店月
046 温锅 ---- 刘正权
049 棒子王 ---- 宁春强
052 坐箩 ---- 蒙福森
055 订婚 ---- 汪菊珍

058 庭淼哥哥 ---- 汪菊珍
062 相牛 ---- 黄大刚
065 安神 ---- 刘博文
068 大厨阿珍 ---- 孙丹
072 红纸郭 ---- 杨小凡
074 神剪宋 ---- 杨小凡
076 鼓手刘 ---- 杜景礼
079 顶门杠 ---- 非鱼
082 大巧巧 ---- 非鱼
085 紫记儿 ---- 红酒
088 成吉思汗的两匹骏马 ----
　　　　　　　　　　　刘国星
091 数羊 ---- 王族

094 香橼杯 ---- 强雯

097 外婆家的杨梅树 ---- 莫美

101 吃腊八粥 ---- 孙卫卫

103 风筝劫 ---- 青铜

106 绝技 ---- 柳海雪

109 不翼而飞的填水脚 ---- 黄东明

111 水跛子 ---- 执手相看

115 发痴 ---- 赵淑萍

118 刺绣 ---- 江双世

121 师徒 ---- 识丁

鼓 一 张

冯骥才

天津卫的杨柳青有灵气，家家户户人人善画。老辈起稿，男人刻版，妇女染脸，孩童填色，世代相传，高手如林。每到腊月，家家都把画拿到街上来卖，新稿新样，层出不穷，照得眼花。可是甭管多少新画稿冒出来，卖来卖去总会有一张出类拔萃地"鼓"出来。杨柳青说的这个"鼓"字就是"活"了——谁看谁说喜欢，谁看谁想买，争着抢着买。这张画像着了魔法，一下子能卖疯了。

于是年年杨柳青人全等着这画出现，也盼着自己的画能鼓起来，都把自己拿手的画亮出来。这时候，全镇的年画好比在打擂。这画到底是怎么鼓的？谁也说不好。没人鼓捣，没人吆喝，没人使招用法，是它自己在上千种画中间神不知鬼不觉鼓出来的。这画为吗能鼓呢？谁也说不好。戴廉增和齐健隆两家大店，画工都是几十号，专门起稿的画师几十位，每年新画上百种，却不见得能鼓出来；高桐轩画得又好又细，树后边有窗户，窗户格后边还透出人来，他的画张张好卖，可没一张鼓过。就像唱戏的角儿，唱得好不一定红。人们便说，这里边肯定有神道，神仙点哪张，哪张就能鼓；但神仙决不多点，每年只点一张。这样，杨柳青就有句老话：

年画一年鼓一张，不知落到哪一方。

镇上有个做年画的叫白小宝。他祖上几代都干这行，等传到他身上，勾、刻、印、画样样还都拿得起来，就是没本事出新样子，只能用祖传的几块老版印印画画，比方《莲年有余》《双枪陆文龙》《俏皮话》，还有《金脸财神》。这些老画一直卖得不错，够吃够穿够用，可老画是没法再鼓起来的，鼓不起来就赚不到大钱。他心里憋屈，却也没辙。

　　同治八年立冬之后，他支上画案，安好老版，卷起袖子开始印画。他先印《双枪陆文龙》那几样，每样每年一千张；然后再印《莲年有余》——这张画上是个白白胖胖的小子抱条大红鲤鱼，后边衬着绿叶粉莲。莲是连年，鱼是富裕，连年有余。这是他家"万年不败"的老样子。其实，《莲年有余》许多画店都有，画面大同小异，但自家画上的胖小子开脸喜相，大鱼鲜活，每年都能卖到两千张，不少是叫武强南关和东丰台那边来人成包成捆买走的呢。

　　一天后晌，白小宝印画累了，撂下把子，去街上小馆喝酒，同桌一位大爷也在喝酒。杨柳青地界不算太大，镇上的人谁都认得谁。这大爷姓高，年轻时在货栈里做账房先生，好说话，两人便边喝酒边闲聊。说来说去自然说到画，再说到今年的画，说到今年谁会"鼓一张"。高先生喝得有点儿高，信口说道："老白，你还得出新样子啊，吃祖宗饭是鼓不出来的。"这话像根棍子戳在白小宝的肋骨上，他挂不住面子，把剩下的酒倒进肚子，起身回家。

　　一路上愈想高先生的话愈有气，不是气别人，是气自己，气自己没能耐。进屋一见画案上祖传的老版，更是气撞上头，抓起桌上一把刻刀上去要把老版毁了，只听老婆喊着："你要砸咱白家的饭碗呀！"随后白小宝便迷迷糊糊被家里人硬拽到床上，死猪一样不省人事。

　　转天醒来一看，糟了，那块祖传的老版——《莲年有余》真叫他毁了，带着版线剜去了一块，再细看还算运气，娃娃的脸没伤着，只是脑袋上一边发辫上的牡丹花给剜去了。可这也不行呀——原本脑袋两边各一条辫，各扎一朵牡丹花，如今不成对儿了。急也没办法，剜去的版像割去的肉，没法补上。眼瞅着这两天年画就上市了，好在这些天已经印出一千张，只好将就再印一千张，凑合着去卖，能卖多少就卖多少，卖不出去认倒霉。

待到年画一上市，稀奇的事出现了。买画的人不但不嫌娃娃头上的花少一朵，不成对，反而都笑嘻嘻地说这胖娃娃真淘气，把脑袋上的花都给要掉了，太招人爱啦！这么一说，画上的娃娃似动了起来，活了起来！于是你要一张，我要一张，跟着你要两张，我要两张。三天过去，一千张像一阵风刮走了一般，一张不剩。白小宝手里没这幅画了，只好把先前使老版印的双辫双花的娃娃拿出来，可买画人问他："昨天那样的卖没了吗？"他傻了：为吗人人都瞧上那个脑袋上缺朵花的呢？

可他也没全傻，晚上回去赶紧加印，白天抱到市上。画一摆上来，转眼就卖光。一件东西要在市场上火起来，拿水都扑不灭。于是一家老小全上手，老婆到集市上卖，他在家里印，儿子把印好的画一趟趟往集市上抱。他夜里再玩命印，也顶不住白天卖得快。几天过去，忽然一个街坊跑到他家说："老白，全镇的人都吵吵着——今年你的画鼓了！"然后小声问他："这张画你家印几辈子了，怎么先前不鼓，今年忽然鼓了？"

白小宝只笑了笑，没说，心里明白，可是往深处一琢磨，又不明白了：怎么这画少一朵花反倒鼓了？

年三十晚上，白小宝一数钱，真发了一笔不小的财。过了年他家加盖了一间房，添置了不少东西，日子鲜活起来。

他盼着转年这张画还鼓着，谁知转年风水就变了，虽说这张画卖得还行，但真正鼓起来的就不是他这张了，换成一家不起眼的小画店义和成的一张新画，画名叫《太平世家》——六个女人在打太平鼓。那张画也是没看出哪儿出奇好，却卖疯了，天天天没亮，义和成门口买画的人排成队挨着冻候着。

群山之巅

何君华

乌热松接到父亲阿什库来信，让他请假回去跟父亲上山学习打猎。

这简直是一个荒唐的要求。乌热松虽是鄂伦春人，但他从小到大从未上过山打过猎，更何况他现在公职在身，父亲怎会突发奇想要他回去学打猎呢？简直不可思议。但父亲素来是个稳妥的人，一生从未做过出格的事，既然如此决定应该有他的理由，因此尽管心里不情愿，乌热松还是决定回去一趟。

乌热松是冬月里回到乌鲁布铁的。他从小和在阿里河当教师的姑姑一起生活、上学，在乌鲁布铁生活的时间并不长，因此这次回家反倒有一种说不清的新鲜感。

回家第二天的清晨，乌热松就被父亲拽上了山。他们上山的第一件事就是去祭拜山神白那恰。

"我们的一切都是山神白那恰赐予的。来，磕头。"阿什库将儿子的头按了下去。"请山神赐予我们猎物。"阿什库嘴里念念有词。

"今晚我们就住在山里。"阿什库说。

按说，一直生活在城里的乌热松突然要在这大雪茫茫的荒郊野岭过夜，心里肯定是不满的。但不知什么原因，乌热松却并不反感。兴许是父亲充满仪式感的祭拜感染了他吧，乌热松竟主动帮父亲砍些白桦树搭起撮罗子来。

虽然这是乌热松平生第一次搭撮罗子，但却搭得有模有样。父亲看乌热松一丝不苟的样子甚是欣慰。这一刻，他在心里感觉没有白养这个儿子，

终究是鄂伦春之子啊。

"高高的兴安岭,一片大森林,森林里住着勇敢的鄂伦春,一匹猎马一杆枪,獐狍野鹿满山遍野,打也打不尽……"阿什库不由自主地哼起了鄂伦春小曲。

撮罗子很快搭好了。

"乌热松,上马。我们出发!"阿什库别起那支跟随了他一辈子的俄式"别勒弹克"猎枪,朝兴安岭深处走去。

这是一支旧得不能再旧的老式猎枪,可阿什库从来没有把它换掉的念头。用阿什库自己的话说就是:"鄂伦春猎人一辈子有两样不能换,一个是老婆,另一个就是猎枪。"

乌热松不知道,他的父亲阿什库是乌鲁布铁最好的猎手。阿什库这个名字在鄂伦春语里是"狩猎技术高超"的意思,而阿什库也从来没有辜负过这个名字,他一直都是乌鲁布铁最令人尊敬的莫日根。

"一个出色的猎手要会看山形,辨风向,掌握各种动物的气味儿,通过观察雪地上动物的足迹进行跟踪、围猎。更重要的是,你必须有足够的耐心,能够忍受零下三十摄氏度的低温,还要忍受一连数天找不到猎物的失落和烦闷。我们鄂伦春人以狩猎为生。老弱病残者无力获取猎物,只能靠年轻猎人供养,而年轻猎人也有需要靠别人供养的一天。一代传一代,鄂伦春人就这样走到今天。"阿什库边走边说。

"雪地上有狍子的脚印!"阿什库突然大喊一声翻身下马,查看起雪地上的足印来。"没错,是狍子。乌热松,快下马,我们得步行了,从下风口追过去!"阿什库在寒风中大声吆喝道。

两个小时后,他们终于发现了那只足有三十公斤重的大狍子。乌热松对打猎原本兴致不高,可当活生生的猎物就在眼前时,他还是忍不住喊出了声:"爸,快打!"

狍子是兴安岭森林里反应最不灵敏的动物,所以大家都叫它们"傻狍子"。尽管乌热松大喊了一声,那只傻狍子却好似没听见一般,仍然呆立原地一动不动。

这时阿什库才缓缓举起猎枪，然而他仅仅是瞄准，并没有开枪。

"爸，你咋不打呀？"乌热松急不可耐地小声问道。

阿什库不但没有开枪，反而把枪扔到了地上。那只傻狍子终于发觉了他们，撒腿跑了。

阿什库一屁股坐在雪地里，慢悠悠地燃起一锅旱烟，长叹一口气，用一种乌热松从未听过的语气说道："我们鄂伦春人从不射杀怀孕和哺乳期的动物，下河捕鱼也总是用大网眼的网，以此放过那些小鱼。每次出猎我们都祭拜山神白那恰，从不胡乱砍伐森林。千百年来，兴安岭森林里人和动物共存共荣，我们遵守自然的法则。可是，现在不行了。孩子，国家颁布了《野生动物保护法》和《森林法》。从今天起，我们不能打猎了。孩子，鄂伦春人下山了。"

父亲的一席话令乌热松震惊不已，他一下子瘫坐在雪地上，不知该说些什么，也不知该如何安慰父亲。

"孩子，我这次找你回来，并不是要让你真的学会打猎，而是要告诉你，你是一个鄂伦春人，你是猎民之子，你必须知道，你的祖先们是怎样生活的。

"鄂伦春人没有文字，我们的文化只能口口相传。我真担心，一旦离开山林，我们的狩猎文化就要消失。"阿什库流下了哀伤的眼泪。

乌热松这才突然明白，他们进山前的河口平地上，那一排排崭新的房屋就是鄂伦春人新的家园……

一晃二十年过去了。现在，鄂伦春人早已在山下过起了新的生活，乌热松回到家乡时看到新建的鄂伦春博物馆也落成了。父亲阿什库那支老旧的俄式"别勒弹克"猎枪也摆在了博物馆里供人观赏。

尽管阿什库八年前永久地休息了，但他的一些话乌热松至今记得。阿什库说："鄂伦春猎手打到猎物，要尽可能多地分割给大家享用，这样才是合格的猎手。"现在，乌热松只想将鄂伦春人世代相传的狩猎文化和自然法则与更多的人分享。他想让年青一代知道，他们的祖先是靠什么站在了兴安岭的群山之巅。

拦 新 娘

包兴桐

腊月或者正月,常常可以看到一队又一队娶亲的队伍。有时候是我们自己村的,有时候是别村的从我们这儿经过。他们热热闹闹拉成长长的一串,在岭上慢慢前进。这条岭从山外一直伸进村子,在村口折了一下,又伸向其他的村子。走在最前面的,一般总是伙夫,他用一根盘着红纸条的棍子挑着一对贴着大红双喜的灯笼,轻飘飘的,像是在演戏,总是很开心的样子;跟在他后面的是媒人,不管是媒人公还是媒人婆,都穿得干净利落,薄薄的嘴皮子很爱说话;走在他们后面的,是一个吊儿郎当的小伙子,身上带着很多炮仗、鞭炮,一路打来,看到我们小孩子,就故意东扔一个西扔一个,把我们赶过来轰过去。这三个人总是远远地走在队伍的前面,碰上他们,虽然得不到什么好处,往往还要被嘲笑、捉弄一番,但还是觉得很开心。走在前面的这三个人,总是那么热情、健谈。从他们那儿,我们可以问到后面新娘的许多情况,虽然这三个人精说话总是真真假假说说笑笑的,但听了还是挺有意思的。就像一台戏,前面的打八仙是必不可少的。

"哪一个是新娘?"

眼看他们要走了,我们赶紧问。

"今天还怕找不到新娘?"

"今天这个新娘可大方了,你们慢慢拦,东西多着呢。"

"今天新娘是有记号的,你们自己找吧。"

眼看后面新娘的队伍就要跟上来了,他们三个边说边走。就是这样,那个打炮仗的小伙子，还要扔一个炮仗到我们中间，把我们吓得四处逃窜。

当胆小跑得远远的小伙伴们折回来的时候，已经有人爬到路边的一棵大枫树上，像一只蝉一样粘在树杈上，横好了竹竿。

"唱歌，唱歌。"我们叫。

于是，走在前面挑着被子、抬着红漆家具的队伍停了下来，吹拉弹唱的停了下来，金童玉女停了下来，然后，新娘和她的伴娘们好像很吃惊的样子，也在竹竿前停了下来。

"唱歌，唱歌。"我们像一群猴子一样起劲地叫着。男孩子东窜西跳，东摸西摸；女孩子则在竹竿下挤成一堆，拦在穿得花花绿绿、走得仔仔细细的新娘和她的伴娘们面前。

"你们应该叫新娘子唱歌，怎么把我们都拦下了。"有一个女的这样说道。

我们知道，这个说话的一定不是新娘子。新娘子今天是不轻易多说一句话的。

"唱歌，唱歌。"

"小崽子，那你们把新娘子找出来，要不，听不到歌，也吃不到喜糖。"还是那个女的多嘴，其他女的都在一旁抿嘴笑着，个个都有点像是新娘子。

"她就是新娘子。"我们差不多是异口同声地指着一个微微低着头的女孩子说道。

"哈——"整个迎亲队伍发出一阵笑声。我们知道，我们找对了。

"这些小崽子，鬼精着呢。"有人说。我们也说不出为什么，十次有九次，我们都很准确地把新娘子从一堆花花绿绿的女孩子中找出来。

新娘子头低得更低了，脸也更红了。

"唱歌，唱歌。"

我们知道，新娘子今天照例是不会唱歌的，不管她唱得好不好，实在推不过，她就会让她最要好的姐妹们为我们唱歌。这一次，新娘子就叫那个老爱说话的女孩子为我们唱了一首歌。

"唱歌，唱歌。"我们树上的同伴儿还是横着竹竿不拿起来。

新娘和她的同伴们知道，光唱歌也是不行的，唱了一支又一支，唱够了，唱热闹了，最后，还是要新娘子亲自拿出系着红头绳的钥匙，打开红漆大柜的门，拿出红枣、花生、喜糖，还有柚子，竹竿才会拿起来，树上的才会唰地溜下来。

"走咧——"弹唱的一边大声叫着，一边用死力吹拉敲打着，好像对我们的表现，对新娘的表现，都很满意。

我们一边吃着喜糖喜果，一边看着迎亲队伍拉成长长的队伍向岭上走去，曲曲折折的，不一会儿就翻过岭背不见了。大家也三三两两、歪歪斜斜地坐在岭上，好像接下来不知怎么办才好。所以，大家就看着几个话多的在那儿斗嘴。好像每次这种时候，他们的话就特别多，特别亮。

"新娘子今天可真漂亮。"秀玲说。

"漂亮啥呀，脸红得像猴子屁股，声音细得像老鼠，还漂亮——"大陆说。

"秀丽今天穿得这么好看，一定是想做新娘子了。"秀玲又说。

"你才想做新娘子呢，看你刚才看人的样子，走路的样子。"秀丽说，"就是说话的样子，不像。"

"那谁是新郎啊？"大陆说。

"你啊。"秀玲说。

"有两个新娘啊，应该还有一个新郎呀？"建成说。

"谁说话谁就是。"大家一起说。

这一天，大家有了小小的收获和快乐，也就有了小小的兴奋。但因为是小小的，所以，也就有了一点小小的失落。如果，那新娘要是娶进我们村，那就要美得多了。除了拦新娘，还可以闹洞房、吃喜酒，还有，慢慢就可以和那个红脸的新娘子熟了，然后，叫她的名字。

端　午

包兴桐

过了三月三，我们踩下去的双脚，伸出去的双手，总觉得有些发痒——我们知道，蛇出洞了；等到茶叶开张，杨梅坐果，就感觉身子也是痒痒的——我们知道，虫子上山了。

好在，重五——我们这儿管端午叫重五——就到了。我们可以喝雄黄酒，洗艾草浴，剥鸭蛋，家里还炒重五盐，门上还插着艾草，挂着菖蒲，这些，都叫我们放心。当我们离开了大人肃穆的说教，提着五色线蛋袋，拎着一对粽子从家里跑出来会集到大屋院场上的时候，我们总觉得，这重五节，是给我们小孩子过的。大人们给我们喝一汤匙的雄黄酒，说是再也不怕蛇了；叫我们好好洗个艾草浴，说是再不怕虫子了；叫我们剥个咸鸭蛋，说是皮肤光滑再不怕起疙瘩了；有了重五盐，再不怕晒太阳泡清潭拉肚子了；门上插上艾草挂上菖蒲，白天不怕空房夜里不怕鬼叫门了……这样的重五节一过，我们就觉得，眼前展开的长长六月天，再也不怕什么，满心满眼只有期待。

但也像所有的节日一样，一村子的人，并不是每户人家都会把这重五过得囫囫囵囵，光光鲜鲜。像大伯家，每到过节，他们总要打个折。重五到了，堂哥堂姐在院子里一站，孤零零的，没有粽子，没有蛋袋，手里就拿着那么个像鸟蛋一样可怜的白皮鸡蛋。重五了，他们家就吃一顿炒糯米饭。大伯说，反正粽子也是糯米做的，包起来吃，炒起来吃，都是吃到肚子里，不如省了麻烦。当然，如果照爸爸的意思，也会是这样，爸爸和大伯是一路人。

他一看到妈妈逢年过节摆弄这摆弄那，这也要那也要，他就来气，他就把门关得像打雷，把碗翻得像过老鼠，把楼板踩得像地震。他看到我们宝贝似的提着五色线蛋袋晃来晃去，就更气了，瞄了我们一眼，阴阳怪气地说："提什么提，还不赶快把鸭蛋给嚼了。"可是，我们舍不得吃那鸭蛋。染了红色的鸭蛋，装在五色线蛋袋里，像一个小小的灯笼，又像一块大大的宝石，谁都舍不得剥了吃。就是斗蛋，也是点到为止，谁还会真拿宝贝当石头碰呢。

每过一个节，我们都会有意无意地围在妈妈的身边，看她把艾草和菖蒲用红绳子扎好，仔仔细细地在门上插好挂上，像是在装扮新房；看她灵巧地翻折着粽叶包出各种样式的粽子；看她用五根线打几个结就编出五色线蛋袋，然后把用红花藤煮的鸭蛋放在蛋袋里递给我们。妈妈的手在村里是最巧的，过节时总会有许多女人围着她讨教这讨教那。最好的是，妈妈乐意显示她的巧手，把它变成我们家的热闹、骄傲，变成我们的享受。她包粽子，就经常要翻出新样。她会包五角粽、猪蹄粽、龙船粽、牛角粽，她还会包蛋粽、肉粽、五香粽、茶香粽。可是，爸爸只吃那大家都有的四角粽、豆粽。看他皱着眉头的样子，不知是为了赌气还是真的不敢吃那些有意思的粽子。

这时候，里屋的满田就会从他的院子里走出来，走到我们家院墙边，对爸爸说："亲戚，节又到了，都重五了，这时间啊，真像那茶叶抽新一样。"

然后，就走进院子，递给爸爸一支烟。

"啊，节又到了，真快，真快。"爸爸没有几句话。但有人给他递烟，陪他抽烟，和他说话，听他感慨，他的眉头就舒展多了。满田和爸爸抽着烟，说着话，妈妈一边忙着手里的活儿，一边有一句没一句地搭着话。但慢慢地，院子里就只听到妈妈和满田在说话。他们谈粽叶的选择，谈糯米的成色，谈苏打粉的多少，谈煮粽的时间，谈粽子的样式，谈重五盐的炒制。

满田是村里为数不多会炒重五盐的人之一。每年重五日，村里的老老少少就会聚到满田家，看他把找到的还有买来的十几种药材——有桔梗、甘草、山楂、红茶，还有陈皮、苍术、柴胡什么的，和盐一起放在大锅里慢慢地翻炒。不一会儿，锅里就飘出好闻的药香味。满田不停地翕动鼻子嗅着香味的变化，用手抓些盐看盐色的变化，不停地关照着火候，添加着药材。他一脸严肃，念念有词，像一个做道场的师傅。大家在旁边看着，也不敢多话，像是在看一场庄严的佛事，唯恐犯了忌。喷香金黄的重五盐炒好了，满田把它们包成一小包一小包的，递给每一个人，连我们这些小孩子也有份。这以后，还不断有人到他家讨要这重五盐——有的人叫重五盐，有的人叫午时茶，有的人干脆就叫药茶。咳嗽、肚子疼、肚胀、中暑，冲上一包重五盐就好了。妈妈也从满田那儿学会了炒重五盐，我们自己用，也送人。

　　妈妈和满田仔仔细细地说着话，像是两个远房亲戚似的，但一来二去，就像有了二两家烧打底似的，他们就有说有笑有长有短了。我想，要是让他们就那样说下去，他们会说个三天三夜。他们以前是一个村子的，也是里屋外屋，后来，妈妈嫁到我们村，满田则做了我们里屋的上门女婿。所以，妈妈就把他按娘家人叫，每次都叫他"表兄"，有时叫"表兄佬"。可是，说着说着，满田会突然记起什么似的，边说就边往院子外走去。我们发现，爸爸不知什么时候已经不在了，他是村里少数几个节到了还挑着粪肥下地的人。

郁剪剪

聂鑫森

《湘江晨报》的文化记者吴净，又一次走进了青山铺乡郁剪剪的家。

正是暮春的午后，竹篱小院静悄悄的。温煦的阳光，柔柔地抚着那一字排开的五间青瓦房，瓦瓴上跳跃着几只褐色的麻雀。

因外地一个朋友嘱他代为购买四张郁剪剪的剪纸门神，最好能上门去取，他只好亲自来了。

青山铺乡历来流行剪纸，这地方称之为剪花。郁剪剪的祖母、母亲都是剪花能手，"郁剪剪"这个名字是她们给取的。这名字使人联想到"剪剪春风"，但原本的意思，只是希望她在忙完农事、家事后，就不停地剪、剪、剪，在剪花中获得快乐，消解寂寞和烦恼。

郁剪剪如今已是古稀老人了。

二十年前，吴净第一次到青山铺乡来采访农民业余文化生活，写了篇关于此地盛行剪花的长篇通讯，并力荐了许多剪花的女名人，郁剪剪就是此中的一位。没想到文章引起社会的广泛关注，本地和外地的报纸、电台、电视台记者，来了一拨又一拨。于是，这些看似平常的剪纸也就成了艺术品，又参展，又卖钱。吴净作为第一个报道者，自然不会就此罢手，隔上一段日子就要前来采访。每次来，必去探望郁剪剪。郁剪剪专攻神话传说人物，八仙、门神、财神、花仙子、十八罗汉、钟馗……运剪洗练泼辣，而且带点夸张、变形，颇获赞誉。

每次告别时，郁剪剪总是颤声对吴净说："你让我扬眉吐气了，老田对我好多了。"

老田是她的丈夫，叫田谷生，长得很粗蛮，脾气又暴烈，爱喝酒，一有烦心事就打郁剪剪。等到郁剪剪出名了，剪纸可以换钱了，他的野性也收敛了不少。不过所有的钱都得由他统管，决不让妻子过手。

吴净径直走到堂屋的门前，高喊一声："郁老师——"

"来啦！"

随即，郁剪剪从堂屋里面走了出来，紧接着，红着两块脸的田谷生也醺然而出。

"是吴记者啊，贵客！快请坐。你怎么喊我老师呢？我不配。"

"在剪纸上，你当然是老师。"

当吴净挨墙茶几边的一把椅子上坐下，田谷生也大咧咧地在另一边的椅子上落座，然后，挥挥手，大声说："大记者来了，还不快去泡茶！"

郁剪剪低声说："我……会的。"

"郁老师，别客气了，我就要走的。我这次来，是要买你的四件门神作品。"

"吴记者，不要买，我送你就是……"

田谷生使劲地咳了一声。

郁剪剪忙煞住话，目光也变得暗淡起来。

"是我的一个外地朋友，在画报上看到你的门神作品，很欣赏，托我来买的。"

"吴记者，你稍等一下，我去房里拿来。"

田谷生突然站起来，说："你歇口气，我去替你拿。"

说完，就快步走进与堂屋相连的那间卧房里去了。

吴净问郁剪剪："儿女们都住在附近吧？经常来吗？"

"来得少，老田从不肯留他们吃饭，几个钱看得比命还重。"

"跟你学剪纸的那个姑娘，自取艺名王一剪的，还努力吧？"

"还努力，剪得和我差不多哩。"

正说着，田谷生出来了，手里拿着的四张门神卷成一卷，递给吴净。

吴净问："多少钱一张？"

田谷生说："你是老熟人，就二百元一张吧。"

郁剪剪急了，说："收多了，老田。"

"城里卖二百五哩。"

吴净忙付钱，然后告辞。

田谷生进房放钱去了，只有郁剪剪把吴净一直送到竹篱外。

郁剪剪说："真的对不起，这个老田硬要收钱啊。"

吴净说："收钱是应该的。再见！"

送别时，郁剪剪没有说那句总是要说的话。

吴净在黄昏时回到了自己的家。

他把卷起的门神像在案头展开，按顺序摆好，一组是秦叔宝、尉迟恭，一组是神荼、郁垒。粗粗看去，都还不错。再细看，前一组是郁剪剪的作品，下剪厚重老辣；而后一组显得干净纤巧，分明出自郁剪剪的学生王一剪的剪下。

吴净长长地叹了一口气，心有点痛。不是心疼钱，是心痛怎么会发生这样的事。他明白，绝不是郁剪剪所为，定是田谷生进房后搞的名堂。至于王一剪的作品，或是放在老师处寄卖以图获得好价钱，或是田谷生用菲薄的价钱收购而来，吴净就不得而知了。但田谷生将王一剪的作品伪称为郁剪剪的作品，却是不争的事实。

吴净决定把王一剪的作品剔出来，再从自己的藏品中，寻出郁剪剪的同题作品补进去。他不能欺瞒朋友，更不能让伪作流传于世。

吴净把王一剪的作品点着火，烧了。

一个月后，青山铺乡政府一个常写新闻稿的宣传干事打电话告诉吴净：郁老现在再也不肯动剪刀剪花了，几乎天天和田谷生吵架，骂丈夫不该骗了吴净你这个好人；若是田谷生动手打人，她就见什么砸什么，还大喊要一把火把房屋烧了。

吴净决定马上去一趟青山铺乡，找田谷生和郁剪剪分别认真谈谈话，他不能看着一个出色的民间艺术家就这么被毁了！

柳家烟火

孙方友

陈州烟火，要追溯到明初洪武年间。那时候，有一位游荡江湖的陈州人，在名城苏州观光过烟火会，极度赞赏，并决心将这种技艺学到手，使之有朝一日能在陈州大地尽放异彩。他意专心切，在名家高手处穷览其艺，返乡后又精心研制，终于研制出了陈州烟火。

这个当年的江湖人姓柳，叫柳典，是陈州西二十里柳林人。柳家烟火品种繁多，诸如大起花、小起花、并莲起花、五龙腾空、金雀飞鸣、金蝉鸣空，应有尽有，尤其是特制的烟火中心"老杆"，更是巧夺天工。

所谓"老杆"，就是用木棍搭起很高的脚手架子，人站在架子上放烟火。那时候还没有放烟火的炮，要想让烟花在空中展姿全靠人工。什么起花城、月明城、绒花树、银屏灯、乱箭射杨七、龙抓熊氏女、天女散花、悟空闹天宫等等等等，能让人目不暇接。

据《陈州府志》载，清代乾隆四年，陈州搞了一次烟火盛会，参观者来自冀、鲁、晋、陕、皖、鄂、湘、川、赣、桂十个省区，二十多万人。观众有达官贵人，也有布衣平民，有迁客骚人，也有商贾游士，既有回族和汉族，又有苗族和瑶族，真可谓"盛名震四海，佳景醉万众"了！

烟火的高潮多与尾声相近，点罢"老杆"，大会也就进入了尾声。所以，观者总是关心最后一晚那点"老杆"的时刻。每当点"老杆"之前，烟火会场上群情激昂，仰望长空，大小起花或单一直冲星群，或群起腾空，夹杂着爆破的炮声、散落的火花，整个夜空五光十色，斑斓缤纷，令人目眩。地上，

大鞭如火龙穿云，地老鼠从人的胯下钻过，轻蝉飞鸣掠顶，火球在面前爆裂，不时激起全场哗动，欢声如潮。但这还不足称奇，待午夜时分，三颗红色信号弹相继升空，点"老杆"开始。此时此刻，几十万双眼睛一起盯向那高耸的两座"老杆"架，一时，系列引火线急急缩短，火到之处，艺品献彩——那罕见的珍珠倒卷帘在一忽儿间展现出书写着"五谷丰登""风调雨顺"的长帘，自上垂下，三丈有余。接着玉树琼枝，百花争艳；八仙彩人，姿态各异；黄鹂吐音，形声诱人。特别是火到中杆，有的是百灯齐明，有的是万箭齐发，有的是人物突现，有的是鸟兽乍起，或声或色，或动或静，各不相同。待到火至顶杆，千门火花呈半球形状发射，一时间红光连天，烟锁星辰，烟火会达到最高潮……

到了民国初年，柳典的后代柳岩把铺子搬到了县城里。因为烟花危险，他在城边上买了一处宅院，制花装药全在那处宅院中，铺子里只卖鞭炮和摆放烟花样品。有人来买烟花，先看样品，然后再到仓库取货。陈州烟花多销外地，每年有大量的产品是靠人挑和土牛车朝外运的。客商订了货，到市上找挑夫。运烟花的队伍不准吸烟，不准住店，夜间多住庙堂，尤其是香火不盛的破庙院，更招客商和挑夫们喜欢。

当然，也有大户人家来提前订货的。比如谁家有人中了举或升了官，家中就要在自家祠堂前放烟火或请大戏庆祝一番。遇到丰收年景，也有百姓自动凑钱放烟火的。这种活动往往是几个村联办，由各村牵头的人首先出面收银收粮，然后到柳氏烟花铺定规模。规模有大、中、小不等，一个规模一个价钱。像乾隆四年那样惊动几十万人的是特大规模的，没大人物出面发号施令，一般是放不起的。

附近地方若有较大的烟火会，铺子里还要派人前去协助点燃。因为点"老杆"不但需要胆识和功夫，还需要技巧，所以并不是谁都能点的。

柳家世代都是点"老杆"的高手。

当然，柳岩也不例外。

这一年刚进腊月，柳家烟花铺来了个很奇怪的订货人。来人是夜静时分来的，提了一包银子，身穿夜行衣，蒙着面。他进得铺子，把银子放在柜台上，也不说话，只递给柳岩一张字条儿，上写订购全部品种，地点颍河岸边，要求点"老杆"、扎"鳌山"，时间是正月十五至十八。蒙面人把银子包打开，让柳岩过数，并打了个手势，问够不够。柳岩一看银子不但够，而且多出不少，很是高兴，对蒙面人说："到时候，一切由我负责运送点放，只求你家主人观看就得！"言毕，写了收据，交给那蒙面人，等要问蒙面人的主人姓甚名谁时，不想那蒙面人已经没了踪影。

虽然没名没姓，但人家交了钱，又有地点和时间，铺子当然要守信用。转眼到了正月初十，柳岩便雇人往颍河镇东的一个河湾里运烟火，他自己也亲自去扎"鳌山"。

"鳌山"是用长短不同的竹木，在较空旷的地方搭成的高达数丈的山形骨架；然后用形状各异的格子，糊上色纸，遮以青布；最后在每一个格子里放上一盏油灯，顶端则是一个火炬。这巨大的"鳌山"，一经点燃，通天彻地灿烂辉煌，极为壮观。

经过几天的忙碌，"鳌山"扎好了，"老杆"也搭好了，可仍不见主人露面。万般无奈，正月十五只好按照约定放花。因为十五是正会，颍河道里人山人海。深邃的夜空，绚丽的烟火，巍峨的前山，熙攘的人海，再加上龙灯翻飞，旱船穿梭，竹马跑舞，鼓乐齐鸣，那真是"九陌连灯影，千门度月华"，真如仙境一般。

可是，直到最后仍不见主人出来。

柳岩很奇怪，问镇上社火队，这是谁家掏钱点的"鳌山"，放的烟火？社火队的老会首们也各自摇头，说是年前一个蒙面人放下银钱和字条儿就走了，至今不知主人是谁！

烟火放了几天，社火忙了几天，没人知道是谁这般破费。

消息传出，众人惊诧不已，然后就生出许多猜测。有人说这是一土匪充大头；有人说是一京官怕露富又想报答家乡养育之恩，故意隐姓埋名；有人说是一个很富的有钱人，可惜他双目失明了，便花钱放烟火点"鳌山"，让心中充满欢乐和光明……

到底是谁人？至今仍是陈州之谜！

舞 龙

蔡呈书

正月十一，宾州舞炮龙。

炮龙最大的看点，就是宾州人的勇敢。那舞龙人不顾严寒，个个赤膊上阵，任由猛烈的爆竹在自己身上炸响。

李承龙在仁兴街一直舞龙头。他的父亲当年就是宾州城里一个舞龙头的好手，为了鼓励儿子继承父亲的志向，就给儿子取名为李承龙。李承龙今年三十八岁，长得肥头大耳，膀阔腰圆，浑身有使不完的力气，舞起龙头"呼呼"风响，真个是生龙活虎。李承龙还有一个特长，就是不怕炮炸。舞龙头的人特别容易遭炮轰，因为放鞭炮的人总爱往龙头上炸炮，那炮炸得越多越响，就代表新的一年里做事越旺。别个舞龙头的人一夜下来，浑身灼痛，回去后得涂上一层药水，然后垫上芭蕉叶睡觉；而这李承龙却能任由鞭炮在他身上炸响，只当给他搔痒痒。

今年来宾州城观看炮龙的外地游客特别多，李承龙也特别兴奋，往他身上炸响的炮也就特别多。他光光的膀子上便满是红红的炮屑。

人们都爱追李承龙的龙头。宾州城的风俗，人们喜欢拔炮龙的龙须、揭炮龙的龙鳞。相传，在炮龙节揭的龙鳞越多，新年的好运就越多，能拔到龙须的，则好运更旺。而今人们当然不迷信这个说法了，但还是喜欢做这个游戏。李承龙的龙舞得特别威风，如果能抢到猛龙的龙须或龙鳞，既好玩又刺激，但是想要拔李承龙的龙须揭李承龙的龙鳞却不是那么容易的事情。你的手刚伸出，李承龙就会把龙忽地一转，钻到炸响的爆竹丛中。

只有那些智勇双全的人才能抢到李承龙的龙须或龙鳞，所以人们喜欢以揭李承龙的龙鳞来测试自己的智勇。

吴大浩就喜欢玩这个游戏。吴大浩喜欢和李承龙斗。小时候，吴大浩就经常和李承龙掰手腕子，难分输赢。长大后，两人也还一直在较劲。在吴大浩看来，自己无疑是个赢家。他经常得意地开着自己漂亮的小轿车忽地从骑着破摩托车的李承龙身边擦过，然后长按一声喇叭，扬长而去。而李承龙只能在后面无奈地大骂一声："为富不仁！"

今晚，吴大浩决定要拔李承龙的龙须。"你这为富不仁的家伙，休想！"李承龙狠狠地骂着，故意挥舞着龙头从吴大浩的身边掠过，肆意地挑逗着吴大浩。

吴大浩受到激惹，跳将起来，手猛地往龙头抓去：我要把你的龙头拔下来，看你还神气不神气！李承龙却把龙头突然来个一百八十度大转弯，龙就倏地飞舞到街道的另一边了。吴大浩扑了个空。

这时，李承龙看到了人群中有一双熟悉的忧郁的眼睛。李承龙就把龙头俯冲到那双眼睛的前面，并朝他拜了两拜："小沙子，精神点儿，拔根龙须回去，祝你今年好运！"李承龙朝着那双忧郁的眼睛大喊。

小沙子忧郁的眼睛里突然放出了一丝光亮，双手怯怯地拔了一根龙须。李承龙哈哈大笑起来，朝着那双眼睛大呼："小沙子，你成功了，你真棒！勇敢点，不要向生活低头，龙会给你带来好运！"说完，龙头呼地就往上扬，昂然地掠过了吴大浩的头顶。

吴大浩恼羞成怒，点燃一支烟花，"嗤"地向龙头射去。

龙头着火了。

李承龙就灿烂地舞动着这条火龙，轰轰烈烈地舞到只剩下几条筋骨……

箬叶飘香

刘国芳

快过节了,李家村的李茂老汉要去王坊村摘箬叶。不知为什么,这一带只有王坊村附近长着野生的箬竹。那是在王坊村通往后山的路上,路两边长满了箬竹,每到端午节,路两边全是箬叶。很多人都会去那儿摘箬叶,这样,王坊村来来往往都是人。乡村渐渐冷清了,但快过节的那几天,王坊村却很热闹。

吃过早饭,李茂老汉拿把剪刀出门了。说是摘箬叶,其实是剪,用剪刀一片一片把箬叶从箬竹上剪下来。但出门后李茂老汉没有直接去王坊村,而是在村里转,他先转到了李婆婆家门外,喊:"李婆婆——李婆婆——"

没人回答他。

李茂老汉仍喊:"李婆婆,人呢?"

这回,隔壁的李长水老人应了一声,说:"李婆婆不在家,前两天被女儿接到抚州去了。"

李茂老汉说:"李婆婆也走了,我们村又少了一个人。"

李长水说:"还有李发财,也被他崽接走了。"

李茂老汉便长叹一声说:"都走了,村里没几个人了。"

李长水说:"哪天你也会去你崽那里,到时村里真没几个人了。"

李茂老汉说:"我不去城里,住不惯,要去早去了。"

李长水说:"那是,我也不愿去城里。"

李茂老汉没把这话继续下去,只问:"你去王坊村摘箬叶啵?"

李长水说："去。"

李茂老汉说："村里还有谁，喊了一起去。"

李长水说："还有三公和旺根。"

李茂老汉说："咱们去喊他们。"

很快，他们见到了三公和旺根，几个人一起出村，往王坊村走去。路上，李茂老汉看看他们几个，叹一声说："村里就剩下我们几个了。"

李长水说："没想到现在乡下会变成这样。"

旺根说："以前村里热热闹闹，多好。"

三公说："等我们老了，村里估计一个人都没有了。"

说着，几个人一起叹气。

不一会儿，他们到了王坊村，很多人来摘箬叶，村里来来去去走着很多人，认识的人遇见了相互打着招呼。一个说："你也来了。"一个答："来了。"

穿过王坊村，是一条通往后山的路，路两边的箬竹上长满了翠翠绿绿的箬叶。李茂老汉他们就在路边停下来，拿剪刀一片一片把箬叶剪下来。箬叶一股清香，李茂老汉把剪下来的箬叶放在鼻子下吸，吸着时闭着眼。睁开眼后，李茂老汉说："这箬叶真香，闻到它的味道，就像闻到端午节的味道。"

几个人说："是有端午节的味道。"

很快，他们每人剪了一大把，够包粽子了。但他们没走，仍在那儿待着，看来来往往的人。看了一会儿，李茂老汉说："看见这么多人，我就想起以前我们村也是这样热闹。"

几天后，李茂老汉再次去了王坊村，这次他没有带剪刀，而是找了把锄头来挖箬竹，连根一起挖。差不多挖了一个上午，挖了一大捆，然后用锄头插着，扛在肩上。路上，有熟人见他扛着一大捆箬竹，就问："你挖这些箬竹做什么？"

李茂老汉说："我想把这些箬竹栽在我们村子边。"

李茂老汉真是这样做的。回来后，他在自己村外的路边栽起那些箬竹

来，一大捆，从挖坑到浇水，李茂老汉忙了整整一个下午。到全部栽完，已是傍晚了，李茂老汉累坏了，坐在路边歇着。忽然，李茂老汉发现他栽的箬竹长大了，蓬蓬勃勃，把路的两边都长满了。有人来了，三个一群五个一伙，李茂老汉见了，喊着他们说："你们去哪里？"

他们说："来这儿摘箬叶呀。"说着，他们拿出剪刀，一片一片把箬叶剪下来。李茂老汉闻到一股箬叶的清香，这香味儿让李茂老汉兴奋起来，说："箬叶飘香，你们闻到了吗？"

他们说："闻到了。"

李茂老汉说："闻到它的味道，就像闻到端午节的味道。"

几个人说："是有端午节的味道。"

李茂老汉又说："你们知道吗，这些箬竹是我栽的。"

他们说："知道，你做了一件好事，这些天天天有人来摘箬叶，我们村一下子热闹了，像过节。"

李茂老汉笑了。这时，一个人拍着他说："李茂李茂，你怎么睡在这里？"

李茂老汉被人拍醒了，揉揉眼，才知道自己刚才是在做梦。李茂老汉看到路两边的箬竹——这是他刚栽下的——看着那些箬竹，李茂老汉又笑了。

酱油朱

马 犇

如果单单听"酱油朱"这三个字,或许多数人会认为它是某地的一道特色菜,或许有人还会想到酱油炒饭。但是都误会了,事实上,酱油朱是一个人。

二三十年前,在淮城城中的巷子里,人们常会遇到一个推着板车的人,他夏天穿一身旧的灰色的确良衬衣,冬天穿一件旧的军大衣,此人便是酱油朱。

彼时,城里没有货郎,巷子里最常见的商贩只有四位:酱油朱,送蜂窝煤的许三,卖"小脚卷子"(长条馒头,一面烤成金黄,很甜)的花二,还有就是上门服务的剃头匠老郭。

没人知道酱油朱的名字,可能没人问过他,也可能问了他,他没有回答。印象较深的是,有几个淘气的孩子,把"朱"当成"猪"。每当远远地见到满载酱油缸的板车,或是在家里闻到浓郁的酱油味儿,他们便条件反射地反复喊"酱油猪"。

酱油朱的酱油是自家酿造的。清代中叶,淮城来了很多江南的人,他们在淮城开了很多酱园。酱园经营酱油、醋、大椒(辣椒)酱等调味品,还经营老卤大头菜、螺蛳菜(酱地藕)、酱芫苣、酱生姜等酱菜。淮城有名的酱园,有河下的王兴懋、东门的薛恒泰、南门的祥茂、响铺街的德丰、金画师巷的恒茂等。

朱源茂酱园在河下有四个店,分别由朱家的四兄弟经营,酱油朱家的

店就是其中一家。店里最有特色的还属古法酿造的酱油，酱油好不好，主要靠原料和酿法，朱家用的黄豆都是饱满的新豆子，酿造程序十分刻板，稍有瑕疵的酱油，宁愿倒掉也不会拿出去卖。酱油朱的酱油，色好、味鲜、质醇，拥趸不少。

推着板车卖酱油很具有表演性，酱油朱的吆喝挺有味道，动作尤其好看。"打酱油——咯"，酱油朱走街串巷不停吆喝，有需要的人就拿着塑料壶或酱油瓶去打，酱油朱在买家的器皿上放个漏斗，再用竹筒从他的酱油缸里将酱油一舀一舀地打进去。

有一回，有个盲人打酱油，他拿去的瓶，打满需要一元钱。年前打酱油的太多，酱油朱的最后一缸酱油剩下的底儿打不满盲人的瓶。酱油朱打完酱油，接过盲人的钱，找回了两毛，并做了解释。

还有一回，有个中年人，拿着装满酱油的酱油瓶直奔酱油朱而去。"老朱，你看看昨天打的酱油里有什么？"

"这不是头发吗？"酱油朱平静地回答。

中年人本想等到酱油朱大声辩护，然后好以排山倒海的话语向酱油朱喷涌。

"说得这么轻描淡写，像没事似的。"中年人多少有点儿失落，因为酱油朱的语调和态度压根儿激发不了他的火气。

"我给你重打一瓶吧。"酱油朱仍然好声好气。

"没这么简单，大伙儿都来看看啊！酱油朱的酱油里有头发，这酱油是用头发做的吧！"中年人不知从哪儿找来的状态，那一瞬间的声音似乎能够穿透整条巷子。

围观的人越来越多，指责酱油朱的人也多了起来。

"诸位顾客，这瓶酱油或许是灌装时出了问题，我向大家道歉，请诸位谅解。但我敢说，我从未用头发做过酱油，以后也坚决不会。"酱油朱依然冷静。

中年人接过酱油朱重打的酱油和退还的钱，心满意足地走了，围观的人也散了。酱油朱推着板车继续向前，步幅、步频和之前没有变化。

走出巷子，有条疯狗正追着一个孩子，那孩子恰好是刚才找酱油朱的中年人的儿子。酱油朱拿起板车上的铁棍，追过去，朝疯狗打了一棍，疯狗撞了墙后，扭头便往远处跑了。

酱油朱忙将受惊吓的孩子抱上板车，还从口袋里拿出一块糖，给孩子压惊。平常，只要遇到来打酱油的孩子，他都会递上一块糖，所以孩子们都喜欢酱油朱，包括那几个喊他"酱油猪"的淘气孩子。

他送孩子回家。那中年人听了自己孩子的描述，立马跪倒在酱油朱面前。

"我不是人，我不是人，我真不是人啊！"中年人哭喊着。邻居们再次聚了过来。

酱油朱忙将他拉起，劝他快带孩子进屋，也劝围观的人们回家。

围观的人知道了"头发事件"的真相，酱油朱的生意更好了。

眼下，淮城还有几家酱园用古法酿造酱油，但只是在景区附近的店里售卖，再没有人推着板车卖酱油了。

如今，上了点儿岁数的淮城人，在买酱油、用酱油、蘸酱油时，多会想起酱油朱那特有的吆喝声吧。

老圣人

赵长春

袁店河有个说法：人读书多了，读得出不来了，就叫"圣人"。这个说法有点讽刺和嘲弄。

老圣人也被称作"圣人"。当年，他被唤作"圣人"，原因不得而知。现在老了，就加了个定语，"老圣人"。

老圣人做的事情有些不同于他人。就拿春分这一天来说，他要把村里的小孩子们召集起来，在村中老槐树下的大碾盘上，立蛋。

立蛋，就是春分这一天，将鸡蛋立起来。老圣人先示范，轻手撮一鸡蛋，竖在平展的碾盘上，屏息，慢慢松开，鸡蛋就立起来了！然后，他给孩子们分鸡蛋，一人两枚，围绕碾盘，看谁先立起来，发奖。

这个时候，是村子里春节过后的又一次小热闹。不过，大人们不多，年轻人更少。这时候，老圣人看着孩子们，一脸的笑。

人们说："这有啥意思？自己买鸡蛋，再买些铅笔、写字本、文具盒……"老圣人说："这很有意思。就拿春分立蛋来说，是老祖宗们四千多年前就玩的游戏，一辈辈、一代代，传到现在了，会玩的人少了，人家外国反而玩疯了……"老圣人还说："一年之计在于春。让孩子们立鸡蛋，心静一下，比玩游戏好。"

说话间，已经有好几个孩子将鸡蛋立起来了。孩子们很开心地围拢老圣人，听他讲春分，讲节气，讲碾盘的故事。

碾盘也有故事。碾盘很老了，村里人用了好多年，如同村口的老井。

现在，条件好了，人们不用碾盘了，也不用石磙了，也不用老井了。老井早就被填埋了。一些石磨、石磙，还有马槽，莫名其妙地消失了。后来，人们才知道，它们是被人偷跑了，卖到城里了……老圣人就操心老槐树下的大碾盘。有个夜晚，老圣人突然喊了起来，就在老槐树下。原来，那些人又来偷了！

老圣人说，每个人都有故事，每个村子都有历史，每一家都是传奇。这老碾盘，每家的祖辈都吃过它碾出的面、小米、苞谷……他说的故事，有个后来上了大学的孩子写了出来，写进了他的书里。老圣人保护老碾盘，拼了老命。

春节，村上的人多了起来，都从外面回来过年，掂了年货去看老圣人。他说："别看我，看看咱们的老槐树、老碾盘。"老槐树、老碾盘，就成了村子一景。

还有，与别的村子相比，村上喝酒、赌博的人少，打骂老人的事基本没有。这也与老圣人有关。他喜欢管闲事，不怕人家烦。他说："人都光想着赚钱了，不行，还得讲老理，就是仁、义、礼、智、信。这些老理，是几千年的好传统，不能丢。丢了，就丢了脸面。"

想一想，对。这些就是当年孔圣人周游列国时说的，提倡的。

老圣人有一方墨，古墨，好多年了，油亮，沁香。他有个治疗小孩子感冒、头痛的验方，就是点燃油松枝，烘烤古墨，然后按摩孩子的额头。古墨微软，香香的，透出凉意，有股幽幽的药味。几声喷嚏，打个冷战，小孩子就好了，就开了胃口，生龙活虎了。他还治痄腮，研墨，毛笔蘸汁涂抹腮边，一圈一圈。如此两三天，就好了！

老圣人说："古人凭心，诚信为本。墨也讲究，内有冰片、麝香、牛黄等，为的是读书人安心、静心。学须静也，静须学也。可惜，好多人做不到了。"

老圣人九十多岁了，身体很好。他习惯饭前喝水，小半碗白开水。有记者采访，问这是不是他的养生之道。他说："哪里呀，儿时家贫，每当吃饭，父母先让孩子们喝水，喝完检查，如果碗里控出来水，就少给饭……"

说着,老眼泛出泪花,又笑道:"现在多好,吃啥喝啥,都有!"

老圣人大名王恒骧,袁店河畔人。

叫他"老圣人",我觉得有些委屈了他,在袁店河的语境里。

不过,"圣人"的真正意思是很有讲究的。在袁店河,也只有他能配上这个称呼。

现在,谁还能再被称为"圣人"呢?

猴 上 猴

张 港

今人比车，古人比马；今人房子比平方米，古人宅院比拴马桩。

拴马桩，即拴马的石柱。拴马桩位于院子大门两边，是脸面之脸面。拴马桩多，马多客多日子好。胭粉脸上搽，钱往桩上花，拴马桩还讲究雕琢。传说，母猴经血能防马瘟，拴马桩顶头上多雕猴子——弼马温即避马瘟。按人的审美，猴挺难看的。可是猴儿活泼，活泼就可爱。活泼胜过美丽，于是人人喜爱猴子。

小闷儿比猴稍高那年，以刻石富裕闻名的小闷儿爹，一手抚小闷儿细细黄黄的头顶毛，一手抚拴马桩顶头的蹲猢狲，问："这东西，像不像真的？"

小闷儿一蹿高："像！"

爹就把小闷儿抱到石猴上，还撒了手。小闷儿爹左看右看，笑着说："这不算最好的。听说，有人雕出过猴上猴——大猴后背个玩耍的小猴崽。"

小闷儿拍手跳："好玩儿，好玩儿！"一闪掉了下来，落在爹手上。

多年后，以刻石富裕闻名的小闷儿爹死了，临死遗言："用过的凿、锤、錾，全跟着走，装进棺材。"

爹的用意是不许后代再出石匠。小闷儿爹留下的是远见，不久，汽车取代马车，电磨取代石磨，石匠成了废人。可是，猴上猴的故事，在小闷儿心上凿下了印记，他大了，他费劲地置下大凿二凿掏耳凿、小锤大锤绣花锤、方錾扁錾梅花錾，干起了石匠。

闷石匠已是多余的人，更无奈的是，实行了火葬，墓碑也不用了。闷

石匠穷，不但穷而且很穷，穷上穷，穷压穷，穷摞穷。穷是穷，闷石匠还是石匠。石头块子把闷石匠磨成了老闷子，道道深纹刻上脸，连鼻梁骨都有褶子。

一条青石，滑溜，光亮，老闷子天天拿手指头摸它。最后，他在青石上凿出了云纹框，勾出了通草边，在青石顶上，凿出了一只嬉皮笑脸的猴子。

这天晚上，有人大叫："镇里进了猴子，正蹲老闷子门口吃东西。"众人打手电一照，嗐，老闷子雕的石猴！

收藏热了，艺术可玩了。有人出了价钱，老闷子卖了拴马桩，得了钱又购得一条更好的青石条。

老闷子说："成败最后一回，我软了，石头更硬了，打不动了。"

刮风下锤，下雨打凿，有劲儿多打，生病少打，凿出猴腿是过节，凿出猴头是过大年。大猴完成，小猴还差两只眼睛。老闷子怎么也不敢下家伙了，怎么也想象不出一双令他满意的眼睛。

听说，意大利有个庞贝城，轰隆一响，火山灰将一城人全定了身，其中就有个举锤石匠。

老闷子正在端详石猴，轰隆一响，房塌墙倒，埋没了老闷子。——地震了。

一个七八岁的男孩子发现石猴从水泥砖堆中支出。灾难也灭不了好奇心，男孩爬上砖堆去看石猴，他发现了老闷子，就大呼大叫喊来了人。

坏在拴马桩——石条压住了老闷子的双腿；幸也靠拴马桩——石条支出的空间，保了人的命。抢救者看明白了，只要将石条弄折，老人就得救了。这不难。正要用工具，孔隙内的老闷子喊："别动，别动我的猴儿！"

"猴儿？哪来的猴儿？"

男孩子指着条石顶上喊："这儿！"

这是救命，余震说来就来。可是，老闷子就是喊，就是不让动拴马桩。抢救者只能舍下老闷子去联系机械救援，并让男孩子守准位置，不能让老人睡过去，一睡就醒不过来了。

男孩子探缝看老闷子，老闷子说："孩儿呀，找家人去，甭在我老头子这儿。"

男孩子说:"我不!我得守着你。我有任务。"

老闷子说:"孩儿,去,去,找家人去,甭管我老头子。"

男孩子说:"我不!我得守着你。我是有任务的人。"

老闷子说:"你靠近点儿,让我看看。"

男孩子搬开一块水泥,凑近了脸。

老闷子说:"你摸摸小石猴脑袋,看伤没伤。"

"没坏,没坏,好玩,好玩——像真的。"

老闷子嘻嘻笑上了。

男孩子:"你笑啥?爷爷你咋还能笑呢?"

老闷子说:"你也笑笑,眨眨眼睛给我看。"

男孩子一笑,老闷子笑得更欢了。

因为笑,老闷子没有睡过去;因为小石猴,一老一少说了许多话。

救援队来了,大型机械到了,老闷子得救了。可是,由于压的时间太长,老闷子双腿黑了,坏死了,截肢了。

没有腿的老闷子,雕出了小石猴的眼睛。人人说像,像真的。男孩子拿手抚摸小石猴,有人说:"哎!咦!那眼睛,像这孩子的眼睛,真像,真像。"

闯 码 头

相裕亭

码头上混事，称为闯码头。

这一个"闯"字，了得！透出了多少人的艰辛与苦难，洒下了多少人的汗水与血泪。

盐河口日趋繁荣之后，云集了三教九流的人物，能在此地混饭吃的主儿，个个都是硬汉子，全凭着拿人的手艺和过硬的本领。扛大包的，比的是力气。别人双肩顶一个大包，还摇摇晃晃，你能一肩扛两个大包，而且是稳稳当当地踏上船，你就是爷，人前一站，脑门儿亮堂，说话响亮。公子哥们玩的是心跳，出手是大把大把的银子，你有吗？掏不出银子来，别来这盐区凑热闹，一边儿晒太阳捉虱子去。吹糖人、玩大顶、耍花枪、修铁壶、镝大缸的，讲的是手上的功夫，吃的是手上的绝活儿。玩得好，耍得开，显能耐，码头上的人给你喝彩、鼓掌，称你师傅，叫你掌柜，喊你爷，请你下馆子，吃"八大碗"；玩不好，掀了你的摊子，逼你下跪喊祖宗，让你灰溜溜地卷铺盖走人，永远也别想再来盐区混事儿。

这就叫闯码头，有本事的，来吧！

今日说的这位，是盐河口锔盆锔锅的匠人——宋侉子。

南蛮北侉子，一听这称呼，你就猜到：那宋侉子，不是原汁原味的盐区人。山东日照胶州湾那一带过来的一对师徒，师傅自然姓宋，大名没人知道，倒是他那小徒弟刘全的名字好记，很快叫响了。

师徒二人打盐河上游划着小船来到盐区，选码头上繁华的地段挂起招牌，专做锔缸、箍盆、补铁壶的买卖。看似小本生意，可是手艺活儿，任你拿来什么样的破锅、烂盆，或是滚珠、玉坠、金钗、银镯等细巧的活儿，师徒二人一上手，几个铜箍、银扒子打上去，好锅、好缸、好物件儿一样，让你喜滋滋地拿回去，再用坏了，绝不会是他们下过扒子、打过箍子的老地方，一准是你当作好锅、好盆一样跌打，又出了新毛病。

手艺人吃的是手艺饭，其本领，全在手上。用坏了的锅、盆、碗、壶，到了他们手上，转眼能变成新的一样，可你拿回去，用不了多久，你还要来找他们。行内话，这叫拿手活儿，其中的窍门，行内人不说，行外人不懂。

比如，锔好的锅盆，没用两天，又跌出毛病，看似主家使用不当，可真正的病根，还在他们手艺人的手上。破锅上，一道裂缝下来，给你横着下几道扒子，偏不在裂缝的顶尖处下功夫。当时看，锅是锔好了，滴水不漏，好锅一样。当你拿回去当好锅一样使用时，稍不留意，碰着了，跌打了，其裂缝继续向前延伸，又坏了！你能怪人家没给你修好吗？不能。这其中的门道儿，行内人一看就知道，行外人再看也不明白。这就是手艺人的能耐。

宋侉子领着他的徒弟刘全在盐河码头上专事这补锅、箍缸的生意，却出了大名，来往船上用坏了的破缸、旧盆，千里迢迢也要带回来找他们。盐区，大户人家的花盆、鸟罐、铜盆、瓦缸以及他们娇妻、美妾、大小姐戴的耳环、银镯子之类的出了毛病，也都来找宋侉子。

宋侉子，五十多岁一个小老头儿，两手粗糙得如同一对永远也合不拢的枯树根，可做起活儿来却十分精巧。蒜头大的鸟罐上，他能开槽下箍子，也能钻出蜈蚣腿一样的细小条纹；豆粒大的珠宝中，他能打出针尖一样细小的眼儿，也能给镶上活灵活现的金枝玉叶。

这一天，大盐东吴三才家的三姨太派人来请宋侉子，说是有一件细巧的活儿要当面说给宋侉子。

宋侉子打发刘全去把活儿接过来。

刘全呢，去了，很快又回来，告诉师父，说："师父，非你去不行。"

宋侉子一听，遇上大买卖了，搁下手头的活儿，喜滋滋地去了。回头来，同样跟刘全一样，两手空空的耷拉着脑袋回来了。怎么的？那活儿，宋侉

子也接不了。

三姨太把大东家一把拳头大的紫砂壶跌了三瓣儿，想完好如初，不让大东家看出丝毫的破绽来。因为，那把茶壶是已故的二姨太生前留给大东家的。这些年，大东家视为珍宝，每日用来沏茶，里面的茶山，已长成了云团状。按三姨太的说法，要箍好那把壶，外面不许打扒子，里面还不能破坏了茶山。这活儿，宋侉子没能耐接。

三姨太不高兴喽！当晚，派管家登门，一手托着那把破茶壶，一手拎着一大包"哗啦啦"响的现大洋，身后跟着几个横眉冷眼的家丁。那架势无须多言，这壶，你宋侉子用功夫修吧。洋钱嘛，要多少给你多少。倘若修不好这把壶，身后这几位家丁可是饶不了你！

当夜，师徒两人，谁也没有合眼。

第二天，宋侉子正想卷了铺盖一走了之，可他那小徒弟刘全，却不声不响地想出招数来，他和好一团不软不硬的海泥，给那把长满茶山的壶做了个内胆。而后在内胆上挖槽，在壶的内壁打眼，熬出银汁，自"内槽"中浇灌，等银汁冷却，固定住壶的原样后，再一点一点掏出壶内的泥胆，完好如初地修好了那把壶。

宋侉子一看，徒弟这能耐，可以在码头上混事了。相比而言，他这做师父的反倒矮了徒弟半截儿。

隔日，宋侉子找了个理由，说是回趟山东老家看看。这一去，宋侉子就再也没回盐区来。但盐区宋侉子开的那家铜匠铺仍旧开着，只是主人不再姓宋，而是姓刘。

至今，盐区的宋家铜匠铺，仍旧是刘姓人开着。

不信，你来看看！

朱刚子的油画

袁省梅

朱刚子是我们那里的油漆匠,他的画大家都叫"油画"。朱刚子在我们那里很吃得开——我们说谁受人们欢迎,就说谁"吃得开"。谁家打了新家具,要请朱刚子来画油画;谁家盖了新房子,要画炕围子,要请朱刚子;至于谁家孩子结婚的新家具、炕围子,那更是早早就跟朱刚子约好的。还有老人的寿材,老人刚闭上眼,做儿女的先要跟朱刚子定了时间,才好安心哭丧,这不是吹的。十里八村的,除了阴阳先生大家都熟悉,就数油漆匠朱刚子了。甚至有的姑娘开的聘礼单上,什么都能改动,唯有"让朱刚子油漆家具画炕围子"是不能变的。

这没办法,谁让人家朱刚子的手艺高、画得好呢?朱刚子油的家具光滑、锃亮,颜色均匀、好看。那画在箱子上的"鱼戏莲",莲花粉白粉白,或浮在水面,或亭亭玉立,都好像有风轻拂,婀婀娜娜;而那条大鲤鱼,摇头摆尾,顽皮可爱。画在柜面上的是两只双飞双宿的鸟儿,长长拂垂的柳条,一对鸟儿穿枝过柳,你追我赶,让人一下就看到了心里。炕围子上最费事。炕围子就是紧挨炕的那三面墙上画的画,朱刚子总要费好大心力来完成。底色最少要上三遍,一遍清漆,一遍白漆,还有最后一遍上漆,要根据画的内容,这一块是个"牡丹富贵图",红红的牡丹要用淡淡的绿来衬托,才能呈现出牡丹的娇艳和富贵,而那"莲生贵子",就得用淡粉色来衬了,莲是粉色,娃娃脸是粉色,底色还是粉色,但粉和粉不一样。朱刚子从这个瓶瓶里点一点,从那个罐罐里滴一滴,三调两配的,就层次分明形象生动了起来。

这些都是老套套，朱刚子最喜欢也最拿手的是戏剧里的人物，《红楼梦》《西厢记》……才子佳人，红粉知己，朱刚子所有的心思都用在了手下人物的眉眼上了。有的是眉飞色舞，有的是眉来眼去，有的是一抛眼一蹙眉，有的是喜中含羞，有的是怒中含嗔……就是这些墙上的人物，人们都说看了朱刚子的"油画"，就跟看了台上演戏的演员一样。人们不知道朱刚子的所有功力都用在了画中人物的眉眼上了，不常说，眉目传情嘛。

朱刚子给人"油画"不要钱，请的人家管饭，画几天，管几天饭，好饭好菜招待。画完了，送朱刚子一瓶水果罐头，或者一包白糖、点心什么的，算是感谢，也算报酬。

终于有一天，有家人给朱刚子送来一份"大礼"——朱刚子没花一分钱，娶了我们那地方最美丽的女子。这当然源于他的"油画"手艺。好多女孩子都羡慕那女子，不知道有多少少女把杏仁眼哭成了水泡眼。

可是，不知道从哪天开始，朱刚子赋闲在家。闲了的朱刚子掰手指头算，上个月画了一家，这个月一家也没画。后来，一年到头，也没人请朱刚子了。这不是朱刚子的手艺有了问题，是没人打家具了，家具都是买现成的。炕围子也不时兴了，就连老人的寿材也是现成的，不用像以前那样一笔一笔地往上油画了。

变了的不仅仅是炕围子和家具，还有当初认为朱刚子千好万好、哭着闹着要嫁给朱刚子的女人。

女人说，别人都出去挣钱了，家里电视机、洗衣机什么都有了。

女人说，你成天就是摆弄这些瓶瓶罐罐，能弄出个钱也算呀。

朱刚子不听女人的，还是整天摆弄他的画笔、颜料，在废报纸上画花画草。

女人屁股一扭，出去挣钱了。

从此，女人一年半载地能回来一次，给朱刚子留点钱，又走了。后来，半载一年的也不见女人回来了。朱刚子除了伺候地里的庄稼，也不多出来。腊月里的一天，出外打工的人们回来过年了，闲了的人们蜂拥着去朱刚子家。朱刚子把自家屋里的墙壁上画得满满的。"鱼戏莲""富贵牡丹""双蝶飞舞"……最好看的还是那些才子佳人图，眉目传情，衣袂飘舞，一举一动，栩栩如生。

人们说这些油画是朱刚子画得最好的，是朱刚子油画的顶峰。

人们说朱刚子是疯了，画得再好，也不能把个家画成神庙。

朱刚子听了，搁下手中的画笔，哈哈大笑，神庙好，神庙住的是神仙，那我不也成神仙了吗？

朱刚子当然不是神，朱刚子背着他的画笔出了门。

这些年，在我们这里兴建戏台、牌楼，还有什么土地庙、财神庙的，又有人请朱刚子来画油画了。现在当然不能白请，要先谈好价钱，价钱低了，朱刚子还不干。大手笔果然是出手不凡。朱刚子的油画画到哪儿，哪儿就有喝彩声。不过，细心的人们还是看出了那些画不能跟从前比，人们都说，朱刚子的画不活泛了，说的是少了许多的生动和灵性。

写春联的老王

刘立勤

老王最喜欢腊月要过年的那段日子。要过年了,家家户户都要写几副春联,家家户户都必须去求他老王写春联。

老王的毛笔字写得好,也说不上多好,但满村子也只有他会写毛笔字。那些平日能抓得起千斤重担的大手,拿起那管小小的毛笔,顿时筛糠抖颤心发慌。只有老王,只有老王能够随心所欲地拿起那管毛笔,在红纸上行云流水一般地奔走。

乡下人虽然不识多少字,可讲究多,喜欢吉利。老王的对联大都雅致吉祥,大门是"和顺一门生百福,平安二字值千金",或者"天增岁月人增寿,春满乾坤福满门",厨房就是"雪水烹茶天上味,桂花煮酒杯中香"。他很少跟形势,村里人很是喜欢。

乡下人讲究多,他们认为从写春联能够看出人来年的运气。写春联时,如果掉下一滴墨汁,预示着主人家新的一年要添丁进口;如果掉一个字或者错一个字,家里就会有什么变故。写春联的时候如果如行云流水一般顺利流畅,来年主人家就会万事顺利百般如意。反之,新年做什么都会疙瘩绊路不顺溜。因此,找老王写春联的都会提前奉上红包,三块两块、五块八块不等。收红包时老王会客气地推让一番,最后还是笑眯眯地装进自己的口袋。没有钱的人家请老王写春联会捃一捆干柴,或是拿一块肉,老王也会把春联写得顺顺溜溜。

也有好客的人家会把老王请到家里写。老王进门,主人家会炒上几盘热菜，烫上一壶酒。老王就在缭绕的酒香里殷勤地飞舞毛笔，那份认真，那份顺畅，主人看着心里就舒坦。特别是老王写春联时还不停地说着一些吉庆的话语，主人家听了更是高兴得不得了。写完了春联，主人就殷勤地伺候老王喝酒。老王不胜酒力，几杯下去，就有些晕晕乎乎了，拉住人家的小孩子，要教孩子写毛笔字。主人连忙让孩子给他敬酒，喝得老王一脸的得意。

老王最得意的是有人请他写香火。那里供奉着祖宗的牌位，每一家都很重视。请他写香火的时候，主人都会把他请到家里，好肉好酒敬奉，还会奉上十块二十块的红包。那时候的钱是很值钱的，一个大工才五元钱的工价。老王写香火时要焚香净手，一脸严肃，写得工工整整。如果有人忘记给他封红包了，老王写完"天地君亲师"后就故意悬臂不动，待主人献上红包，他才让众神归位，保佑主人家平安顺心百事如意。

也有人不买老王的账。比如村东头的老张，见不得老王的得意劲儿，从不请老王写春联。过年要贴春联的时候，他就裁出几溜子红纸贴在门旁，然后给碗口抹一些锅烟灰扣在红纸上，红纸上就有了一些类似文字一样的图案，家里也有了过节的喜气。

后来的某一年，老王忽然发现没有人请他写春联了。老王看见代销店在卖那种印制的春联。那种春联纸张鲜亮，又没有墨汁，看起来就像墙上的年画，好看却缺少文化的味儿，但便宜，买的人很多。老王突发奇想，自己买红纸买墨汁，免费给大家写春联。可惜，还是没有人找他写。一气之下，老王跑到镇上，他看到镇上到处都是卖春联的摊子，生意异常火爆。

来年的腊月，依然没有人请他写春联。老王看看家里的红纸和墨汁，就想给它们找个人家。于是，老王背着红纸来到镇上，在镇上摆了一个写春联的摊子，他不相信自己写春联的手艺会没有了用处。尽管是在镇上，找他写春联的人依然很少，除了几个怀旧的老人，难得见几个年轻的客人。买印刷品的人倒是很多，一溜一串生意红火，就连镇政府也买了大捆大捆的春联，作为福利发给了职工。老王气得牙根发凉，却毫无办法。在那阵阵的寒风中，老王袖起双手等待请他写春联的人。

  市场上的春联脱销了,老王终于等到了一个写春联的人。那是镇长,老王认识。镇政府买的春联发完了,镇政府大门还没有春联,镇长请他给镇政府大门写一副春联。

  给镇政府写春联,这可是从未有过的事情,双手冰凉的老王很激动,急忙拿起毛笔。忽然,老王手里的毛笔掉了,双手筛糠抖颤。

  老王脑梗死了,再也写不成春联了。

祖母做好了粽子

茅店月

我坐在祖母左边的一把竹椅上,两只脚光着,一上一下来回晃悠。她正用蒲扇给我扇风,一下,两下……扑面而来的气流夹杂着让人烦闷的燥热,可我什么也没有说,我看见她的鼻尖上布满了细密的汗珠。

"我们吃粽子吗?"

"还是先等一等,你爸妈就要回来了。"她对我眨着眼说,又回头看看那盘放在纱橱里的粽子,声音显得很快活。

我不高兴地应了一声。因为,从一大早起来,我就看见她把那些用芦苇叶子包起来的粽子放在笼屉里,然后麻利地生火,炽热的火苗子舔着锅底,发出哧啦哧啦的声音。一开始,我就蹲在她旁边,看她给灶膛里加柴。

"你看,就要冒气了。"我用一种故意夸张的语调对她说。

她并没有抬头看,只是用鼻子哼出了一个声音:"嗯。"

真的很无奈,我在心里抱怨着什么,然后又安静地蹲在她旁边,很长时间都没有说一句话。我的沉默反让她有点儿不适应,她一面把大把大把的柴扔进去,一面问我:"你喜欢吃粽子吗?"

"喜欢啊。"

"为什么喜欢?"

"它好吃。"

祖母突然哈哈笑了起来,她皮肉松弛的脸在一种难以自控的节奏中抖动着。"当然,粽子是我包的,肯定好吃。你爸小的时候就喜欢吃,他一

次能吃五个！"

"哇！五个？"

"呵呵，"她回过头来看着我，露出一种得意的神色，"吃五个没什么奇怪的，你爷爷，当年一口气能吃六个呢。"

我噘着嘴又蹲回了自己的位置，在心里盘算着，我的爷爷究竟是什么样的人。但想来想去，只约略觉得他应该是个健壮的老头子，就像隔壁的康老头儿一样，鼻子又红又大，穿着灰色的大衣在街道上来回转悠着，天黑的时候就回到那间黑乎乎的房子里，大口吃他自己做的粽子，把芦苇叶子扔得到处都是。

"你不喜欢吃外面卖的粽子吧？"

"没啊，我很喜欢呢。"

"噫！"她发出了一声鄙夷的惊叹，停下了手里的活儿，望着我说，"你真觉得外面卖的粽子很好吃吗？那可是胡乱将就的，包粽子的芦苇叶都没洗干净。"

我马上开始回想自己吃过的那些粽子，前年，去年，还有更早的时候，我吃的粽子都是从店铺里买来的。爸爸嘿嘿地笑着，手里提着一小袋扎了红绳子的粽子放到我面前："吃吧，这个很好吃的，有各种馅儿呢。"他剥了一个，然后递到我跟前，说："是豆沙的，很甜。"我只顾大口咀嚼着，竟忘记了看那芦苇叶是不是洗干净了。

"你吃了买来的粽子拉肚子没有？"她同情地看着我，问道。

"没有。"我依旧蹲在那里，一只手从天蓝色短袖下伸进去，摸着自己光滑的肚皮。的确，我吃了很多粽子，可从来没有拉肚子。

"不可能。"她摇着头，随后凑到我跟前，低声问，"小家伙，是不是故意骗我？"

我没有回答，只是盯着灶膛里扑闪的火苗。

"那肯定是你身体底子好，跟你爸一样，小病小灾就扛过去了。"她一个人小声嘟囔了好一阵子。

紧接着，我又听见火苗"哧啦哧啦"燃烧的声音，然后就是揭笼盖的

响声和她自己发出的响亮的赞叹："呀！这回的粽子做得真是不错，用手指一按就知道，绵绵的。"

她快活地笑着，把粽子盛在盘子中，然后坐在屋子里等我的爸妈。她对我挥着手说："过来，安静地坐在这儿，他们就要回来了。"

我心里一直在想着盘子中的粽子，它们绵绵的，一定很好吃。可我的爸妈还没有回来，也许，他们压根儿不会回来。

祖母还在摇着蒲扇，一下，两下……不过，她又开始打盹儿了，头颅一上一下地摇晃。我坐在那里，背上已经铺满了阳光。透过明亮的玻璃窗，可以看见外面茂密的树木和隐在树木背后的房屋。

我轻轻站了起来，朝窗子走去，因为有几个小家伙正经过这里，他们探头探脑地躲在墙后对我眨眼，手里提着一串扎着红绳子的粽子。我蹑手蹑脚往外走，走到门口时，还听见祖母在那里含含糊糊地说着梦话："安静地坐着，他们就要回来了。"

嘿嘿，我笑着转过身跑了出去。

我们在悠长的巷子里奔跑，手中提着的粽子摇摇晃晃。有人在前面唱起了歌谣，其他人都在后面大声附和着。就这样，浩浩荡荡，我们一直奔跑到无边的庄稼地里。我们坐在高大的皂荚树下分粽子吃，其中一个小家伙说："这是我爸从店铺里买的，比自家做得好吃。"

我们咂着嘴巴，一边吃一边闹腾着，向远处一直奔跑，直到越过一丛茂密的蒿草，看见火车闪着巨大的探照灯经过时，才发现天已经完全黑了下来。我们都知道，这时，村子里的母亲们已经做好了晚饭，铺好了床褥，站在门口等着自己的孩子回来。

于是，每个人都加快了脚步，从田野里飞奔回村子，然后消失在不同的方向。

我跑进屋子里时，祖母依旧坐在那儿。她手里拿着蒲扇，望着那盘放在纱橱里的粽子。

"他们没有回来吗？"我问。

祖母看看我，没有说什么。最后，她疲惫地笑着说："不管他们了，来，

你先尝一个,饿坏了吧?"

我走到纱橱前,看了一眼大小匀整的粽子,抬起头对她说:"我现在不饿啊,刚才已经吃过了。"说完,就走到房间里去睡觉了。

那天,我真的跑累了。

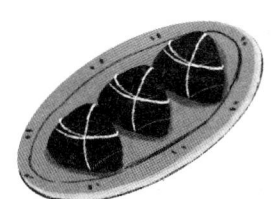

温 锅

刘正权

黑王寨的人，不是老门老户的，很少有人知道温锅是咋回事。

老门老户的，年纪四十岁以下的，知道温锅是咋回事的人，也不多。

陈六是个例外，四十岁以前就晓得温锅是咋回事，还经常温锅，不管你是老门老户，还是外地落户到黑王寨的。这跟他的身份有关，他是村主任。

谁家起新房、搬新家，会少了他呢？无形中，他就帮人家温锅了。

温锅是黑王寨祖上传下的一项习俗，过去人穷，起个新房不把家底折腾个大窟窿的基本没有，脸面上的东西会咬着牙添置，余下的都将就对付着使唤。民以食为天，灶上的东西叫主家作了难，经常有人在起的新房里弄个破炉子破锅煮饭。

左邻右舍见了，心里不落忍，有多余的锅碗瓢盆就会送过来。没有的也不打紧，去集上买一个，挑个好日子送过来。

天长日久，成了习俗，主家自己就挑个好日子，大家都带上厨房的物件，前来捧场，应了那句老话：众人拾柴火焰高。

火焰一高，主家肯定得留大家吃饭，便衍生出一个温锅的仪式，很形象，也很有人情味。

最近的一次温锅，是年前，在捡破烂的老光棍儿大老吴家。

严格地说，那锅温得有点儿勉强，陈六在那儿帮忙收拾，顺便吃了顿饭。大老吴的旧房被纳入精准扶贫改造项目，屋顶盖子全换了，墙壁都刷了白，门口还打了水泥场子，从头到脚焕然一新，有点儿像过年时的大老吴——

帽子是红色的，裤子是红色的，羽绒袄是红色的，只差袖口裤脚没镶白边了，整个一翻版的圣诞老人。

平日里捡破烂，大老吴穿的都是看不出颜色的深色衣服，八百年不洗一次，用陈六埋汰他的话说："他那衣服洗一次可以肥半亩地。"

陈六那顿饭吃得并不"顺便"，是出了大力气的。大老吴怕他捡回的破烂被狗半夜撕咬了到处丢，非得搬进新屋里，陈六只好留下帮忙，一帮忙就到了饭点上。

大老吴不准他走，说："房子虽是翻盖的，可也跟新沾了边，得温锅。"

陈六说："大老吴你真会算账啊，我帮你干半天活儿，还得搭上钱给你温锅。"

大老吴笑："谁要你搭钱了？这不新家我一人吃没气氛嘛，咱们热闹一下。"

买锅碗瓢盆来不及了，随点儿份子钱吧，陈六伸手到口袋里挖，却没挖出一分钱，这才想起，来之前换了下地干活儿的衣服。

大老吴不在意："今天当打箍，等我买了液化气回来，正式温锅时，你再补上。"

打箍和洗厨都是黑王寨的风俗，就是做红白喜事前后，请帮忙的人白吃顿饭。

打箍的言下之意，是用一顿饭把帮忙的人心给箍住，那样大家才会给你使上劲儿。洗厨就更形象，事办完了，厨房还有没吃完的好酒好菜，帮主家清洗干净。

说到底，图个热闹。

大老吴的锅温完，赶上过年，陈六忙得脚打屁股，直到正月十六那天碰见大老吴从集上回来，他才冷不丁想起来，还欠大老吴一个人情。

黑王寨的人都知道，正月十六，大老吴正式上班捡破烂。

跟以往不一样，大老吴这次依然新衣新帽，抱着一个崭新的包装盒。看陈六骑着摩托车，他老远喊："正好借你摩托车跑个腿，到寨子下边大老史那儿帮我把液化气钢瓶带上来。"

大老吴肯定要正式温锅了，陈六骑摩托车往寨子下边跑时在心里说，好在他今天身上有钱，随个一百两百没问题。

带了液化气钢瓶，上了寨子，陈六直奔大老吴家，竟然没半个人，这温的什么锅？

陈六有点儿恼了，摸出手机给大老吴打电话："你人呢？请我温锅人却躲着？"

大老吴说："你还问我，我等半天都不见你人影子。"

陈六奇怪了："我这会儿明明在你屋门口啊！"

"要死了，瞧我这慌了魂的！"大老吴在那边骂了自己一声，说，"我在村委会呢，你到这里来。"

温锅温到村委会？陈六寻思着，大老吴又想捡什么宝？只要去村委会，大老吴都不会两手空着回去。

"大老吴我警告你，别跟我耍心眼儿啊！"陈六气咻咻地赶到村委会，大老吴正把双手笼在袖口东张西望，那模样，跟圣诞老人还真的有几分相像。

大老吴很神秘地说："你把液化气钢瓶卸下来，喏，这儿！"

大老吴说的"这儿"正放着他怀里曾经抱着的四四方方的盒子，是一个电子打火灶，陈六这会儿看清了。

"啥意思？这是精准扶贫工作组的住房，想让人家工作组给你温锅？"陈六脸一黑。

"瞧你看人觉悟低的，还是村主任！"大老吴吸溜一下鼻子，"人家工作组在寨子里精准扶贫一年了，咱们就不能给人家温一回锅？而且啊，这套灶具，我就是专门给他们买的，省得人家拖来拖去的麻烦。"

"专门给他们买的？"陈六有点儿怀疑，"这么多年，可是只见你大老吴从这里领东西回去，第一次看你送东西过来呢！"

"哪天不住工作组了，我就要回去，可以不？"大老吴牙疼似的咧一下嘴巴说。

不住工作组，就意味着黑王寨脱贫了，小康了。

陈六心里一热，说："大老吴你这锅温得我心里都滚烫了呢！"

棒 子 王

宁春强

本家老婶的一个电话，把我勾回了老家石门。

"你快点儿回来吧，四爷怕是不行了，他要见见你。"老婶说的这个四爷，是石门的"棒子王"宋海云。曾盛行于辽南的棒子舞，早在二十世纪六十年代就淡出了舞台，而今不过是老辈人的一种回忆罢了。

"那些汉子，打起棒子来，大地都跟着颤哪！"老婶每每谈及棒子舞，满脸的皱纹便即刻灿烂起来。远去的棒子声，依旧在拨动着她那不再年轻的心弦。

老婶说："棒子舞分八人棒、十六人棒、三十二人棒……人数越多，气势越大，场面越壮观。单是几十人打起棒子，就足以让大地颤起来。"我从没见过棒子舞，却对打棒子很是着迷。作为县文化馆的业务副馆长，我十分清楚棒子舞的文化分量。

放下电话，我匆匆踏上了赶赴老家的汽车。

宋海云无疑是石门公认的棒子舞传人。这位九十有五的高龄老人，一生从未住过医院，至今仍是满口白牙。他健壮的体格，得益于棒子舞吗？

打棒子须手持两根一米来长的木棒，随着鼓点乐曲，上下左右且舞且打，动作整齐而有力，舞姿柔韧而刚劲。要是上百人，乃至上千人打起棒子来，那该是怎样的壮观、怎样的震撼呢？

"你打过百人的棒子吗？"我曾这样问过宋海云。那是多年前春天的一个晌午，宋海云倚靠在街门墙上晒太阳。他睁开微闭的双眼，慈祥地看着我。也许他没听清楚我说什么，于是，我又大声问了一遍。

蓦地，老人眼睛一亮："你说棒子舞？你见过打棒子？"他像是马上要从地上站立起来，只是有些力不从心了。老人那张暗灰色的脸，木雕般不带有任何表情，唯眼睛依然炯炯有神。

老人炯炯有神的眼睛在盯视着我。过了片刻，他的嘴唇开始嚅动起来，一种略为沙哑的声音清晰地敲击着我的耳膜："知道吗，能做'老鸹翻身'的，除了张学鄞，再一个就是我！"他微微地闭上了眼睛，沉浸在陈年往事之中。

"老鸹翻身"是棒子舞里的一个难度极其高的动作吧？早已作古的张学鄞是宋海云的师父吗？他不再言语，傍靠在墙上，如睡去一般。此刻，老人一定是回到了他的当年，回到了那震天动地的棒子舞里。

而今天，弥留中的棒子王，究竟要跟我说些什么呢？

前年，市文化局把辽南棒子舞列入非物质文化遗产重点申报项目。一干人在我的带领下来到了石门，拜访当年的棒子王。我们此行的另一个目的，是寻找棒子舞的曲谱。据说，这曲谱只有宋海云知晓下落。

那天，宋海云的养子宋处长也破例从省城赶回了石门。他神秘兮兮地问我："一旦曲谱真的在我养父这里，是不是值好多钱啊？"我对这位处长大人没什么好感，老婶更是没有好气地回道："再值钱能比棒子王值钱？"老婶也八十多岁了，年少时，她是棒子舞的狂热追随者。可惜，那时棒子舞传男不传女，不然，老婶也一定是个技压群雄的棒子王吧？

面对衣冠楚楚的市、县文化系统的干部们，宋海云一言不发。他一身黑衣，端坐在炕头上，双眼微闭，像正在做超度的道长。我们把海城棒子舞的录像放给他看，老人看了两眼，就收回了目光。"这也叫棒子舞？"他终于开口了。

"怎么就不是棒子舞了？明明是上千人在打棒子啊！"我们不解。

"没有魂灵，杂念太多。连舞者自己都没感动自己，又如何能打动别人？更别说撼天动地了。"宋海云索性闭上了眼睛，"花哨不是棒子舞，热闹也不是棒子舞。唯用你的命你的魂，全身心地投入，才有可能打好棒子。

你们忙别的去吧，我累了。"

那天，我们一无所获。也许我们太过急躁、太过功利了，在宋海云老人的眼里，我们这群咋咋呼呼的城里人，哪个像棒子舞的传人？

石门到了，我走下汽车。不知道为什么，我的心狂跳不已。老婶早已等候在门口，殷切地迎了上来："快进去吧，四爷等着你呢！"

宋海云躺在炕上，木雕般一动不动。我伏下身子，说："我回来了。"他依旧木着，眼睛突然一亮，似乎是要告诉我什么。可是，灵光闪过之后，他还是缓缓地闭上了眼睛。

"四爷，走好！"老婶一边抹泪，一边把棒子王的遗物递给了我，"他原本是要带到坟墓里去的，可最终还是决定留给你。"这是本发黄了的册子，里面记载着棒子舞的曲谱和图谱，弥足珍贵！封页有两处题字，一处是宋海云的：心入则魂立，魂立则棒子舞活。另一处则是高难度动作"老鹞翻身"创始人张学鄞的遗墨，一首七言绝笔：

呜呼棒舞已灭亡，
求子含泪抛行当。
唯我忍悲抄旧乐，
遗留后代作史章。

我的手在颤抖，泪水也禁不住溢淌了出来。"师父！"扑通一声，我跪了下去。

坐 箩

蒙福森

一个春暖花开的日子,秀兰出嫁了,成了春生的新娘子。

第三日,秀兰回娘家。

这是高良村的风俗,闺女出嫁后的第三日,和夫君一起回娘家,这叫"回门",也叫"回脚迹"。

吃过饭,娘一把拉过秀兰进了房间。

房间里,只有娘和秀兰。

娘问:"秀兰,我怎么看你不对劲儿啊?"

秀兰说:"没有啊。娘,我好着呢,咋不对劲儿了?"

娘说:"你甭骗我,娘看得出来!"

娘七十多岁了,经历过无数的坎坎坷坷,娘吃过的盐比女儿吃过的米多,娘走过的桥比女儿走过的路多。她怎么会看不出秀兰心里藏着事呢!

秀兰躲不过娘的那双眼睛,低下头,说:"新婚之夜,我,我没有'坐箩'。"

"你呀——!"娘大吃一惊,脸色突变。

"坐箩"也是这里农村的风俗,一个沿袭千年的仪式。新婚之夜,新娘子坐一下箩筐,寓意"谷满仓,米满筐,生下儿女一箩筐"。

那晚,闹洞房的人走后,春生他娘到祠堂列祖列宗的灵位前焚香祷告之后,拿了一只新箩筐进来。箩筐里放有花生、红枣、柏枝、橘叶。春生的三婶和七婶一边一个,扶着秀兰走到箩筐边。扶新娘子的人叫"扶新",

要在村里挑选那些儿女双全、子孙满堂的人担任扶新的角色。三婶和七婶有儿有女,生活和和美美,她们俩是最佳人选。

三婶和七婶一边一个,按住秀兰的肩膀,想让她坐一下箩筐,也就是象征性的,屁股挨一下箩筐边就行。秀兰一坐箩筐,春生他娘就会大声地说:"今年坐箩,明年做阿婆!"

其他人会立刻跟着击节而歌:"一坐箩筐筐,儿女满家堂;二坐箩筐筐,生活像蜜糖;三坐箩筐筐,粮食满谷仓……"一直唱到"十坐箩筐筐",寓意"十全十美"。

这是一个仪式,是村里千百年传下来的风俗,是老人们期盼儿孙满堂、生活甜蜜的美好愿望。

但是,那句话春生他娘最终没说,大家的那段唱词也没唱出口。

因为,秀兰挣脱了三婶和七婶的手。

秀兰没有"坐箩"。

怎么按她都不坐。

当时,秀兰觉得很别扭很荒唐——这都啥年代了,还这么迷信!这些陈旧的风俗,早该扔到垃圾堆去了!

一屋子的人看着秀兰,秀兰的心里"砰"的一下,像有什么东西被打碎了——这是不吉利的兆头啊!

"秀兰,你……糊涂啊!"娘叹了一口气,"你年轻不懂事,你意气用事,如果……到那时你会后悔的!"

娘就说了一件陈年往事。

很多年前,村里娶了一个新媳妇。新婚之夜,按风俗,新娘子是要"坐箩"的,可怎么按她,她都不坐。结果啊,那女人一直到老,依然膝下空空,没有生下一男半女。老了之后,丈夫死了,她孤苦伶仃,无依无靠,多可怜啊!

秀兰眼前蓦然间闪现出这样一幅场景来:一个风烛残年的老人,坐在门口,眼巴巴地看着别人家的孩子活蹦乱跳;夕阳西下,她孤独寂寞的影子在黄昏里被扯得老长老长……

秀兰问："娘，你说的那个女人是不是老耿六婆？"

娘点点头："就是她呀。"

刹那间，秀兰的胸口就像压着一块大石头，瞬间变得无比沉重。

"娘，我……怎么办啊？"秀兰心虚了。她仿佛看到村口坐着的那个老女人就是自己。那一刻，她后悔了，那晚，她要是"坐箩"就好了。

"没事的，你想多了。你不是说了吗？这是旧风俗，早该破了改了。"娘反过来安慰秀兰。

从娘家回来后，很长一段时间，秀兰心里七上八下的，做事老是走神，无精打采，像病了一样。

"你咋啦？"春生觉察到秀兰的异常。

"我……没事啊。"秀兰姣美的脸有些苍白。

"你心里肯定有事，告诉我，好吗？"

"唉！"秀兰一声叹息，把那天娘的话说了一遍。

"你呀，想多了，这只是一个仪式而已。"春生说，"我娘当年像你一样，也不'坐箩'，可不照样生了我和我妹！"

"真的？"

"真的。"

秀兰如释重负，压在胸口上的那块大石头瞬间落下，两行温热的泪水从她的脸上缓缓滑落。院子里，灿烂的阳光穿过郁郁葱葱的龙眼树叶，落下斑斓的剪影，枝头上，几只喜鹊在婉转地歌唱。

订　婚

汪菊珍

泥水爷爷的头三个儿子都很魁梧，独有小儿子瘦小得可怜，长大后也高不了扁担多少。要说原因，自然和他出生在经济困难时期有关。几个孩子张着饥饿的嘴巴，我娘娘即使有了身孕，也总是省下一口是一口，人总是先顾好眼前的多。

小儿子叫阿建，但是，人家不叫他名字，只学着我口吃的哥哥，叫他小娘舅。我哥比阿建大得多，如此叫他，有点儿打趣的味道。我嘛，比他小一岁，该叫他小舅舅。但是，我也没有好好叫他，总是笑一笑，就混过去了。记得有一次，我轻轻地叫了他一声舅舅，他站在门口的那个笑容，至今还在我的脑子里呢。

小舅舅的个子小，但说话清楚响亮，什么事情都能说得头头是道。可能后来他知道了泥水爷爷临终有交代——家人必须厚待他——他竟然不知天高地厚了似的，里外都不肯吃亏。于是，众人给他提升了一个娘舅的等级，由小娘舅改作了老娘舅。

小舅舅对此无可奈何，因为他的本事实在只有一张嘴巴。他干活儿跟在妇人后面，捉花（摘棉花），棉花秆比他高，秋笼比他大。种田拔秧，他没有长力，更别说挑稻担了。二十来岁，娘娘让他跟两个哥哥学习农活儿，结果却是，他不服管教，和他们大打出手。

我娘娘中年丧夫，别的样样要强，唯有对这个小儿子存了一份难以消解的歉疚，实在动不了恶手。不久大队办了玻璃厂，劳力多的可以分到一个名额，几个哥哥一致推举，让他去学点技术。但到了玻璃厂，他还是打下手，因为吹玻璃管子的台面很高（脚踏地上的鼓风机，在高温灯上煨软，吹成眼药水瓶），他坐不上去。

更加困难的，是小舅舅的婚姻大事。娘娘也知道，凭他的个子，本镇姑娘不会嫁给他。于是，她就托人，找一个山里或者海边的姑娘去。山里没有音讯，海边的姑娘倒有了一个。于是，娘娘召集起已经成家立业了的儿女，让他们出钱，给小儿子成亲。

怨不得娘娘这样郑重其事，因为要娶海边姑娘，男家必须有十足的财力——不过隔了一条大古塘，婚娶的风俗却很不同。我们小镇的年轻人结婚，只要先订婚就可以了。他们那里是必须先回聘，再订婚，最后才结婚。每个程序，都必须有丰厚的彩礼送过去。不说别的，光是回聘，就必须有皮箱（箱内装毛线几斤、衣裳几套），还要有自行车、缝纫机、现金。

小舅舅听了这个消息，却突然像换了一个人似的，变得不再那么多话。人家逗他，他也不和人打嘴仗了。下了班，他跟着娘娘去自留地，种白菜、收油菜，换成了钱，让娘娘积攒起来。他甚至折价卖掉了那块手表——记得他进玻璃厂不久，买了这块手表后，是如何炫耀的——换了一辆自行车。

还没有回聘，他就骑了这辆自行车，去姑娘家的地里做义务劳动。那个地方靠近杭州湾，离小镇有三十里路，不说在地里劳动，就是骑着自行车打个来回，也需要消耗不少力气。但是，这个时候的小舅舅，却整天乐呵呵的，对每个人都非常和气。

终于回聘了，小舅舅去女方家更勤了。那个时候，滨海人家都大面积种植榨菜。榨菜下半年种，清明前后收，这两个时节，真比我们小镇的双抢还紧张。小舅舅为了给姑娘家争面子，做了她家的，还去帮她亲戚家做。海边的习俗，毛脚女婿不能在女方家过夜，小舅舅每天来回奔波，还不耽误玻璃厂的上班时间，辛苦也只有他自己晓得了。

然而，就在女方家对他的表现十分满意，准备订婚之时——海边的订婚，仪式上类似于结婚；订婚后反悔，必须让负心者拿了铜锣，到大街小巷去敲——小舅舅有一天竟然没有起床。我娘娘看到太阳已经老高了，想去催

一声，看到的却是已经没有了气息的小儿子。

记得那个时候，小舅舅是跟着娘娘睡在那个矮阁楼上的。众人是如何从不足一尺半宽的梯子上把他背下来的呢？我没有看到。送小舅舅去了小镇医院，医生们经过会诊，把小舅舅的突然而亡诊断为先天性心脏病，因为疲劳过度发作了。

按照海边的规矩，已经回聘，新郎却中途去世，聘礼不但不还，姑娘也不用出现在丧礼上。而小舅舅出殡之日，那个姑娘却在她父亲的陪护下，送小舅舅到了我泥水爷爷的坟墓旁边。几天以后，女方把聘礼也归还了。我娘娘原封不动，让介绍人再次送了过去。

庭淼哥哥

汪菊珍

阿荣家对面,是迎春姆妈家。她家门内的地板紧实,花格窗漂亮。板壁前有紫檀色八仙桌,桌上有一个自鸣钟。铛,铛,报点的钟声清脆、悠长,是整个院子的作息信号。

迎春姆妈身材颀长,短发,眼皮有点儿虚肿,眼神特别明亮。夏天喜欢白色运动衫,戴着草帽,到田里割稻、插秧。她在说话之前,总是先露出微笑。说到高兴处,就开怀大笑。还没有笑完,她就走进家门,自行忙碌去了。她的丈夫叫阿岳,红脸膛,高鼻子,说话有点儿结巴。他在粮管所做会计,会左右手打算盘,是著名的"神算子"。

他们有两个儿子、一个女儿。老大出生的时候,算命先生给排出的八字,和迎春姆妈相冲,必须找个属龙的干妈。排来排去,找上了我的母亲。凭空地,我母亲多了一个儿子,我们多了一个弟兄。他比我大两岁,名叫庭淼,我叫他庭淼哥哥。

庭淼哥哥的相貌像迎春姆妈,身材颀长,眼皮也虚肿,眼珠很黑。性格像他父亲,不喜欢说话。除了每年分岁到我家吃一餐饭,其余时间从不登门。我家平时的饭桌上,只有豆腐蔬菜,至多一碗杭州湾的白蟹小虾,但分岁那天的却特别丰盛。庭淼哥哥小小年纪,吃得斯文;吃完,还会举起筷子,对着每个长辈说"慢吃";然后,用筷子对着我们孩子转个圈儿,笑一笑,就起身了。

母亲赶紧也起身,从房间抽屉拿出一沓沓簇新的压岁钱,分发给我们。

庭淼哥哥的厚一点儿，不知道多少。也不知道哥哥姐姐的，反正我一直都是四角。这钱挺括——印有各种打扮的一排男女，浅咖啡色——随便一摸，就会啪啪作响。我怕折坏了，不敢放在口袋，藏到枕头底下去了。

庭淼哥哥拿着压岁钱走了，而我的压岁钱，不到第二天中午，就被母亲收去了。我不乐意，开始还哭闹，大些才懂，这压岁钱是在庭淼哥哥面前做的表面文章。后来形成了规矩，第二天，我就自觉把压岁钱上交给母亲了。

庭淼哥哥来的时候，也不是空着手。他带来的是孝敬长辈的粗制草纸包，开始两包，后来三包，甚至四包，用细麻线捆扎成一串，还有白糖、红枣、金枣（米粉做的）。母亲收下白糖，把金枣等退回去，再添加一包别的。看上去这礼送来还去好像费事了，但是，如果庭淼哥哥不送，或者我母亲不调换一包，就是失礼。

迎春姆妈特别客气，还要让庭淼哥哥再跑一趟，把金枣或者母亲给调换的那包再次送来。这个时候，我母亲可能不在，别人又不做主，这纸包就暂时放在我们家了。自然不会放在堂前桌上（怕我们孩子眼馋），也不会放灶间（怕老鼠来偷），一般由外婆放进了她的床头橱，或者她床后的米桶里。

这下，我和姐姐便做了老鼠，偷偷寻找这个纸包——哥哥是家里的骄子，他不屑于这些女孩子喜欢的把戏——找到以后，一阵窃喜，轻轻捏一下。如果是金枣，好办，只要从角上开个小小的口子，细细的半截很快就能露出来。如果是红枣，就难办了，拆开麻线，我再也包不上。不过，过不了几天，纸包已经松开，红枣也可以轻松到手了。

如果大人忘记了，就会连续去偷。眼看着它变瘪变轻，心里不无担忧，还是照偷不误。奇怪的是，我们每年都如此这般，大人并不会十分计较。经常的情况是，这个纸包已被我们消灭了一半，母亲才突然发现了似的，用她特有的眼神横我们一眼，然后叹口气说："这下怎么办呢？"

可能因为总是偷拆庭淼哥哥送来的纸包，我每次经过他家门口，总是感到不好意思。好在庭淼哥哥除了出门读书，他从不出来玩耍，我们也相安无事地过了很多年。然而，长大了的庭淼哥哥，就连分岁吃饭也越来越迟。一次，等不及了，母亲便派我去请。

印象里进过他家几次，都是堂前间，进入后半间只有这一次。他家里静静的，只有迎春姆妈在灶头忙碌。她说庭淼有事出去了，让我等一下。她怕我无聊吧，擦干了手，上楼拿来一个广口锡瓶，掏出几把小核桃，塞到我手里。我这才看到，她家的楼梯门竟然有两道，外面的一道是摇门。

庭淼哥哥一直没回家，我跟着迎春姆妈来到后门口。原来，楼房后面，还有三间高平屋，天井里还有一口古井。难怪庭淼哥哥可以不出门，原来洗衣烧饭这些家务，他可以从这里打水——母亲一直说，庭淼哥哥读书好，在家也勤快。那天什么时候等到庭淼哥哥，又怎么一起到我家吃年夜饭的，倒忘记了。

我高中的时候，曾经想到阿红家纺石棉。阿红说，她家已经有了两辆石棉车，放不下更多了，可放到二房厅穿堂。我感到为难，但阿红说，这是众家堂前，谁都可以去。也是，已经有好几辆了，都放在靠庭淼哥哥家这边的墙壁边——他家外面没放任何东西，还扫得非常干净。这个穿堂确实宽阔，放了七八辆石棉车，也不妨碍路人经过。

这个时候的庭淼哥哥，已经高中毕业，做了小镇的民办教师。时常见他腋下夹几本书进进出出，却从来不抬眼看一下他家门口的这些大姑娘小姑娘，更别提招呼一声了。也见过他背着那个谢老师弹奏过的手风琴回家，却听不到他的琴声，我猜想他是在后院的房子里弹奏的。

后来恢复高考，庭淼哥哥第一批考进了大学。这时，我正在滨海代课，趁庭淼哥哥读书报到的机会，换到了他的学校。我接过他的备课本，才知道庭淼哥哥教的是化学；也第一次看到庭淼哥哥的字迹，那样刚劲娟秀。当然，他备课极为规范，让我也学了很多。

庭淼哥哥毕业后，留校做了老师。不久，他在那里结婚生了儿子，很少回家来了。但是，很长时间里，母亲还是惦记着这个干儿子。她总是说："庭淼的儿子几岁了呀，我应该给个红包呢！"母亲的红包后来有没有送出，

我因为外出了几年，也不知道了。

　　清晰记得的是，我考进大学后，迎春姆妈送了我一件的确良的衬衫。精细的白底子上，印满了一串串蓝色迎春花，还点缀着红、黄、蓝三色小星星。这是我收到的第二件新衣——第一件是十岁时天花外婆送的。我穿了很久，后来做了棉袄的里子布。棉袄还在，只是不知道放哪里了。

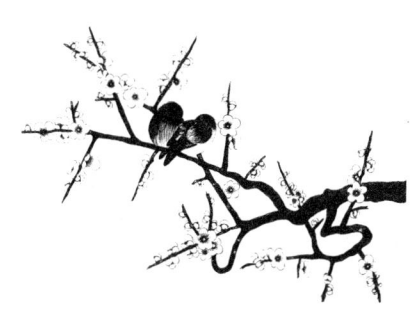

相　牛

黄大刚

长安圩东边有一片木麻黄林，每到集圩日，周边乡镇买牛的、卖牛的集聚而来，平日寂静的木麻黄林便有了市场的喧闹。一只只待卖的牛拴在树上，买主、牛贩子、相牛的，围着牛评头论足，讨价还价。

每逢牛市，亚山雷打不动必去赶集。亚山相牛有一套，信誉度高，村里人买牛，必请亚山。亚山一到牛市，就有人抢着请他相牛。当然买卖成交，少不了亚山的茶水钱，外加一包软盒好烟。

亚山从牛市回来，我们便向亚山讨烟抽，亚山乐呵呵地把烟掏出来，一人一根。遇到不会抽烟的，亚山把烟塞到手里，强硬把烟点上。看着别人抽，他比自己抽还高兴。

在村里，亚山是那样与众不同，他的头发什么时候都梳得一丝不苟，他的衣服即使打着补丁也是干干净净的，他的脚上除了下田，常穿着皮凉鞋，不像我们脚拇指夹着拖鞋，脚面上蒙着尘土。他的口袋里常揣着一瓶风油精，隔老远就闻到风油精的味道。

要是别人，村人早骂他是"二流子"，可亚山精于相牛，村人看他的目光不由得充满了尊敬。

看到亚山风光的样子，弟弟亚东的心蠢蠢欲动。逢牛市，他便紧跟在亚山的身后，留心亚山的相牛经。几个牛市过后，亚东竟也能说出道道儿来。相牛要看毛旋涡，四个毛旋涡生长在肩胛的，就是吉利牛。牛背及肚有六个或八个毛旋涡，叫"送棺材"；牛脖子有毛旋涡，那叫"带尖刀"……

那都是不吉利的，要克主败家。

亚山相过不知多少头牛，但没有一头是亚山的。亚山家穷，买不起牛。每到农忙季节，亚山都是先给人家帮工，等牛主人把田耕好了，才借得到牛。临牵走，牛主人不放心地叮嘱要及时饲草喂水，别使鞭子。亚山躬着腰，连声应允，生怕牛主人反悔。等到地耕完，好不容易从老天爷那儿盼来的几滴雨，都快要给炭火般的日头晒干了。

相牛虽有主家给茶水钱，可要靠这点儿茶水钱买牛，简直就是异想天开。听说东山那边修高速公路，需要一大批工人，只要不惜气力，工钱还是很高的，亚山便去了。

春节，亚山把钱交给老婆豆花时，眉开眼笑地说："这下可以买头牛了。"

牛市要过完正月十五才开市。初二才过，工地便催亚山他们回去干活儿。眼看春耕要开始了，亚山还抽不出身来买牛，豆花焦急得整天念叨。亚东自告奋勇，称已得哥哥真传，并把相牛经说得头头是道，豆花这才放了心。

亚东相中了一只健壮的公牛。他细细察看了毛旋涡，毛旋涡长得端端正正。讨价还价时，亚东发现牛主人口气有点儿软，便大胆砍价，以亚东比较满意的价钱把牛牵走了。

亚山放假回来，亚东买的公牛已饲养快三个月了。亚山一见那牛，就来了火气。

"亚东，你看你买的是什么牛，你说这破相牛能养吗？"

亚东蒙了："这牛怎么了？毛旋涡长得好好的。"

"你看到牛脖子上两行白毛没有？那叫'铁钳'，会夹主人的。"

亚东的目光被那两行白毛烫了一下。

亚山决定，把这头牛当肉牛卖了，破相的牛万万不能养。虽然卖肉牛比耕牛价格低，但总比克主强。

第二天，亚山牵着牛向长安牛市走去。

路过一片田地，牛看见绿汪汪的地瓜藤，趁亚山不留心，偷嘴啃了几口，亚山忙拽紧了缰绳。一个老汉从地头走了过来："小伙子，你这是去卖牛吗？"

亚山点了点头。

"这牛真壮，多少钱？我正想买头牛来对付这些田地。"老汉流露出喜爱。

"这牛不能养，你看到牛脖子两行白毛没有？那叫'铁钳'，会伤主人的。"

"哦。"老汉点了点头。

到牛市要经过一条河，每次蹚河，亚山都是把衣服脱下来，顶在头上，到河对岸后再穿上。

不知是河水太凉，还是好久没游水了，到河中央时，亚山的脚突然一阵钻心般疼痛，他暗叫一声，知道脚抽筋了。亚山的身体开始下沉，几口水灌进了肚子，慌乱中，他抓住了牛尾巴。牛回头看了亚山一眼，喷了一下鼻子，带着他奋力向河岸游去。

终于到了岸，亚山紧紧抱住牛的脖子，泪水糊在牛身上。牛静静地站着，不时摇一下头，似乎在安慰他："没事啦。"

亚山把牛牵回了家，对亚东说："这头牛不卖了，好好养着吧。"

亚山又去高速公路干工了，可是刚干了两天，就没命地想家里的那头牛。

他辞工了，飞一样地往家里赶……

安 神

刘博文

孩子一哭，剃头匠的手便抖了起来。

剃头匠有个好听的名字，细明。

细，方言里小的意思，叫来顺口，陆石河边比细明辈分小的人，估计比河里的浪花还多。

细明细明，不年轻了。

"之前一天还能剃上三十号人咧。"他端着茶碗，从前的事在眉宇间行走，似乎一停下就变成了皱纹。

"手掌心里也有。"细明示意道，将手掌摊开。果如其所言，阳光照射下能够清晰地看见手掌上的皱纹，以及经年劳形于案牍的角质。

"老辈人常说几个螺纹富来着？"他调笑道，从脸盆架上取了毛巾，一片已经洗得发白的毛巾，轻轻揩下自己的汗。

汗从额角流出。

用时下年轻人的视角来看，细明的发际线已濒危，顺其手指方向望去，店里摆设亦皆处于陈旧状态。

一样陈旧，比后巷那批人强不来多少。

他们唯一的共同点可能就是人气了，人气即生意，老城人质朴，言语里不爱沾染俗气为多年墨守的习惯。

暂不论属精华或糟粕。

习惯这东西，讲不清的，正如眼下，细明屋子里排座的人们，围着一个简易的煤炉子，炉膛都坏掉了，里面塞着零散的柴火。

时近深冬，柴火经过燃烧后散发出好闻的木香。

"稍微让让！"细明拎着一大壶水走过来，水呈匀速晃荡，十年前可不这样。猫着身子躬在炉边烤火的人插嘴："还有多久轮到我？"

问了也白问，常来细明家剃头的老主顾们都晓得，他性子慢，打个不恰当的比喻，如煤炉上坐很久才能冒出热气的温水。

细明总说："剃头这事儿，急不得。"

得先洗面，取煤炉上将开未开的热水，倒入旧时搪瓷盆中。客人面朝下，在细明轻柔的手法里进入一种缓和的状态——到这儿，人身心基本上就放松了。取毛巾，擦拭干净。

开始剃头。

插上电的剃刀没有手推子好用，但为了应付店里的主顾，多数都赶着时间，只得作罢，只有真正从过去走来的人才晓得手推子的好处，可又能怎样？

它不还是四平八稳躺在细明的木盒里⋯⋯

细明感叹一声，手上动作便放慢了些，似是回忆起来往昔岁月里的声音——只属于手推子的声音，干净且安静。

现如今，谁在乎！电推子在客人头皮上爬来爬去，反反复复地摩擦出自己的步伐。围坐在火炉边的人聊着最近发生的闲事，面庞给炉火衬出光亮，人活一世图的就是个面子，大家之所以愿意等待，就是离不开那两个字——手艺。

他们信细明的手艺，你能拿他们有什么法子，看看人家把刚出生的小孩儿都带到这儿来剃头，再瞧瞧屋子里的摆设，陈旧到不像是个完整的屋子了。

搞不懂。

是呀，和新开的那些理发店门外五光十色的环形柱相比，着实没有什么可比性。

况且这一片都算危房咧，墙角的裂缝、横梁的不平衡、倾斜的地基，

实地勘察下来，问题比想象中的还要多。

现在已经不是列入不列入的问题了，是必须得拆！和后巷那批一起……

前头说过，老城中，如细明般的人仍有许多。旧城改造的负责单位经过数次讨论，本着多数服从少数的意愿，决议要彻底拆迁的，这也是六生带队先后五次拜访细明的原因所在。

毕竟，近几年雨季持续得越来越久，据天文台讲台风也在增多，位于沿海地带的老城更需做好防范。

得让大伙儿安神。

先安神，才能让百姓安生！

一个念头从六生脑中火速闪过。"倒不如放弃之前的方案吧。"面对大家眼睛里渐生的疑窦，六生说道。

"放弃不意味着让危楼继续存在，条条大路通罗马，细明以及后巷的老师傅们并不是没有存在的价值。你们都看见了，他们人气依然很旺。我们要着手做的，是将这把火再烧起来，烧得猛烈些。

"不如，将他们聚齐来，做条老手艺街？网上这样的创意街可时兴咧！"

一念及此，六生带领着小组成员大步流星地从细明店里走出。神奇的是，先前坐在皮椅上接受剃头的小孩子居然不哭闹了。

一脸安神相窝在皮椅子中。

水已烧开。伴随着壶水烧开的清脆声音，六生打出一个轻快的响指，好久没有如此自在的感受了。

身后，从盒中抽刀的细明神气十足，宛如电视剧里英气逼人的将军：

"剃胎毛，急不得，得用手推子的！"

大厨阿珍

孙 丹

苏北一些乡村，每逢家中有喜事丧事都要请大厨来掌勺做席。村里人评价厨师水平不光看菜烧得好不好，还要看谢厨礼在不在行。

谢厨礼从明末清初开始流传。掌勺的大厨为了答谢主人家照顾生意，同时为了能多接到几家宴席的单子，便在宴席上亮一亮相，唱祝酒词。宴席不同，祝酒词也不同。红事唱祝福欢快的词，白事唱神灵保佑的词。唱完词，要干一碗白酒。

可别小看了谢厨礼，若是哪家宴席上少了谢厨礼或行得不到位，客人们离席前来一句："菜未到味，酒未尽兴！"操事的主人家会很损脸面，当厨的大师傅也会很久接不到下家的活儿，有的主人家会另请大厨重新摆席。

当地最有名的大厨是阿珍，也是当时唯一的女大厨。

阿珍成为大厨，全因爹意外摔断了手。

阿珍爹是乡村里远近闻名的大厨，经常被邀走南闯北。阿珍爹本想把一身的本事传给儿子，偏偏儿子不感兴趣。倒是阿珍成天屁颠屁颠地跟着父亲跑龙套打下手，记着爹烧菜的一招一式。帮爹忙完活儿，阿珍便拿起大勺，学着爹的样子，翻翻炒炒，然后悄悄地喊一嗓子："糖醋排骨，走菜——"叼着烟卷小憩的爹就会露出爱怜的笑意。

那日为一家大户人家做婚宴，阿珍爹在准备食材时意外摔倒，折断了胳膊。眼见开宴在即，阿珍爹顿时急出一身大汗。

站在爹身旁的阿珍，抬起头，怯怯地说："爹，让我试试？"

爹用怀疑的目光审视阿珍，在苏北乡村，女人家是不能出头露面掌大勺的，会被人耻笑，甚至会找不到婆家。情景不等人，阿珍爹也顾不了那么多，就把大勺交到了阿珍手里。阿珍接过大勺，顿时像换了一个人，全神贯注，烹炖煎炒样样在路子，站在旁边指导的爹都不时地瞪大了眼睛。阿珍烧菜忙得满头大汗，客人吃得满心高兴，直夸大厨手艺高。

最后一道菜端上桌，阿珍擦擦脸上的汗，坐在凳子上才觉得自己的腿还在不停地颤抖。

当吃舒心的客人吆喝着要大厨出来行谢厨礼时，阿珍傻坐着不停地搓手。

爹赶紧叫阿珍起身，让她扎起围裙，左手执长勺，右手端着一碗白酒，走进堂屋。

爹陪着阿珍弯下腰，鞠了一躬说："我手意外折伤了，今日菜肴全出自小女之勺，有不到之处，请各位多多包涵……"爹拿过阿珍手里的酒碗，仰头，一饮而尽，抹一把沾在胡须上的酒珠子。

客人们吃了一惊，没想到这么好吃的菜居然是个黄毛丫头烧的。

阿珍清了清喉咙开唱：

婚宴美酒喷喷香，贵客个个喜洋洋。
一杯一杯再一杯，举杯畅饮心花放。
同歌鸾凤饮美酒，花好月圆映景秀。
三杯两杯喝不醉，一醉方休为亲友。
……

阿珍足足唱了五分钟，客人的喊好声一阵高过一阵。主人家长足了面子，满心欢喜，好几户当场就和阿珍爹订下了宴席单子。

阿珍一战成名。

阿珍爹开始把厨艺传授给阿珍。

先学谢厨礼，天不亮阿珍就起床，站在窗前背词，练得舌头麻木，牙齿打战。

比学唱祝酒词更难的是喝酒。

阿珍逼自己练酒量。抿一小口，呛得她吐出来；抿一小口，辣得她掉眼泪。半个月后，能喝一大口。一个月后，喝一大碗不皱眉。

阿珍出师了，开始自己接活儿。阿珍只接喜庆的活儿，不接丧宴活儿。阿珍心软，见不得眼泪，给再大的价钱也不去。阿珍凭着一只大勺，给自己炒回了一副嫁妆，嫁人了。

烧菜是个技术活儿，同样的食材经过阿珍的手，味道就不一样。就说每宴必有的梅菜扣肉吧，别的师傅做出的油性大，肥腻。阿珍做的就与众不同，半公斤肉经过油炸后，只剩下四两半，加霉干菜翻炒，蒸三小时左右，撒上自制香料，吃起来油而不腻又很香，入口即化。

会烧、善唱、能喝的阿珍成了村民争抢的头牌大厨。

看似平静的生活某一天露出了凶相。阿珍丈夫出工时摔成重伤，瘫痪了。

阿珍擦干丈夫的眼泪，拍拍胸脯："放心，有我，家塌不了。"

阿珍开始多接活儿，很远的山村也去，有时连着几天在外做宴席，累得只剩下喘气的气力，可只要有活儿，她又抖擞精神继续上阵。

丈夫看她辛苦，劝她要不就接一些丧事的宴席，阿珍总是摇头。

阿珍唯一一次唱白事祝酒词，是在爹的丧宴上。

阿珍爹没等到八十大寿就过世了。阿珍自己掌勺，把爹传授给自己烧菜的样数统统做了一遍。

谢厨礼上，阿珍唱了祝酒词：

　　　　一杯酒儿敬家严，接来四个老古人。
　　　　彭祖活了寿八百，果老二万七千春。
　　　　洞宾老祖三千二，令婆牙掉又重生。

阿珍仰头,一碗白酒落肚。

阿珍连唱五段祝酒词,连干五碗白酒,眼泪尽情流淌。

阿珍六十六岁因病去世,她留给儿女的最后一句话是:"人哪,不想认命就只有拼命。"

苏北乡村再无女大厨。

红 纸 郭

杨小凡

　　红纸郭全名郭初仁，从咸丰朝十二岁时考取秀才，一直到光绪年间历经三代皇帝却依然是个秀才，只不过已经快六十而已。郭初仁虽然屡进不举，但却写得一手好字。

　　到五十岁上，他见家中实在难以为继，就开始卖艺——写春联。红纸郭每年照例一进腊月二十就开始写春联。虽说价码比一般人贵得多，但那一笔瘦金体字还是让他忙得腰酸腿痛。贴上红纸郭写的春联，这年就多了几分富贵气。

　　下了雪，结了冰，屋檐下挂了尺把长的冰琉璃，大街上就有了插花的，卖炮的，写春联的——年节就要到了。年节是富人的欢喜穷人的关口。驴市街张高，两只瘦手插在破袄袖筒中，蔫头耷脑地在街上晃着，爹生前留下的高利贷债款如何躲过去呢？想着想着，就被人挤来撞去地来到红纸郭写春联的八仙大桌前。

　　红纸郭知他的难处，便说：张高，爷今年的生意不好，就送你几副对联吧，今儿都腊月二十八了。张高见红纸郭要送他春联，脸上的苦色少了几分：这年我是不能在家过了，那昌泰钱庄是不会让我过好年的。红纸郭没再搭话，提笔唰唰唰写了三副春联交给了他，并对他耳语了几句。张高半信半疑地眼瞅着红纸郭，离开了八仙大桌。

　　张高回到家中按红纸郭交代，第二天在院门、房门和内屋门上贴上了春联，然后倒在内屋的破草铺上，睡了。

他刚躺下，昌泰钱庄的讨债人就来了。讨债伙计见未到除夕张高就贴了春联，认定他这年过得挺有心劲的，一定能讨点钱回去。可抬头一望，他便愣了——

　　　　人家过年二上八下包饺子
　　　　我除旧岁九外一中捏窝头
　　　　　　横批：穷死为止

讨债伙计看罢，气冲头来，大声嚷道：你张高再哭穷，今儿个也得给钱！说着闯进院里，进院子才见房门上也贴着春联，上写着：

　　　　父债子还手头紧
　　　　主钱仆追命中薄
　　　　　　横批：有命无钱

讨债伙计更气了，一脚踢开房门，见屋子外间没有人，断定张高躲在内屋。正要推门进去，忽见内屋门上也贴着一副春联。

对联上书：

　　　　催马拧枪赛霸王之勇来讨债
　　　　仰身酣睡设孔明之计不还钱
　　　　　　横批：逼我拼命

讨债伙计倒抽一口冷气，拔腿回钱庄禀报。钱庄老板知张高后面站着的是红纸郭，自己又是乘人之危放的高利贷，只好一笔勾销了这百两银子的债目，认赔五两银子图个过年吉利，了事。

神剪宋

杨小凡

宋御史是龙湾出的最大的官儿,传为唐开元年间御史,因为官清正被奸臣上奏误斩。皇帝后知内情,赐金头厚葬,金头御史便在药都传了下来。御史的后人均住在砚瓦池街,以经商为业,独神剪宋居于油篓巷。神剪宋乃道光年间一剪纸艺人,在药都手艺道被尊为第一。

神剪宋一生未婚,寓身之所仅三间海青瓦房,镂花独门小院,院门上一年四季贴一朱红纸剪的字号"远静居"。"远静居"四面楼围,视野窄短狭促,实难谈远;油篓巷身处闹市之中,昼夜人声喧哗,更难说静。"远静居"常被人猜测不透,这是题外话。神剪宋也与他的"远静居"一样让人深不可测:他极少在街面上走动。有人说,他总是在屋里不停地用那把一斤重的黑铁剪铰纸;有人说,他只有夜里才动剪子的,白天要么读书,要么看四周摆的唐宋陶器,研究先人的剪纸图案……这都是来自初来药都的外地人的传说。

其实,神剪宋虽然有些怪,但不难接近。早年,谁家闺女出阁,一卷红纸送过来,到出嫁那天,每件嫁妆都会贴上剪纸,或花、或鸟、或山、或水、或楼、或阁、或吉祥如意、或丹凤朝阳、或鸳鸯卧莲、或月桂飘香、或福寿万禄、或狮子绣球、或白象鹿鸣、或龙颜凤姿、或天马行空……你有多少嫁妆,就会有多少种图案,个个生动酷肖,妙趣横生。药都大户婚嫁以有神剪宋的剪纸为荣,赏银自然不少,但神剪宋只收十两。他有个规矩,富户官家相请,动剪就是十两银子,再多也是十两银子;其他剪纸只在"朗

古斋"有售，有买不起又想得他一片剪纸者，就要看他的兴致。兴致好，随手剪了，白送；没有兴致，"远静居"的门你也叩不开。

进了六十岁的神剪宋，就很少动剪了，因为很少有人能分清他徒弟樊凤祥的活儿与他的差别了。这些年，他最爱的是到德振街清风楼听戏，兴致高时，就动动剪子。这一年泰和公丝绸庄周老板的母亲八十大寿，在清风楼包了一个专场。因泰和公丝绸庄以诚为信，神剪宋就接了请帖。

这一天，神剪宋早早地被周老板的轿子接到清风楼的包厢。周老板来到神剪宋的包厢问好时，见那黑铁的大剪放在了一张石榴红红纸上，高兴得整个脸都笑了起来。戏开场了，是清风楼最叫座的《郭子仪上寿》。锣鼓声起，在大包厢中的周家几十号人停了欢歌笑语。好戏光景短，转眼间大戏谢幕，清风楼大灯全亮，大包厢内欢笑声又起。当管家把剪纸用大托盘送到大包厢时，人声立寂。只见：郭家大院楼阁森然，花鲜树茂，鸟鸣水潺；文武百官六十六人或坐、或拜、或拱、或揖，散落大院；七子八婿笑在眼上、脸上、身上、嘴边、眉间，或跪于堂内、或立于堂内；左上角另有扶老携幼各色看热闹之人一片，或羡、或惊、或喜、或叹，生人一般。周老太太一一数来，正好有大吉之数九十九人……

神剪宋被周家簇拥着走出清风楼之时，迎面碰上西门大街富少柳少儒。柳少儒自少恃富而横行于药都，看人总是向上别吊着左眼，久而成习，药都人送其外号——柳眼子。柳少儒一见神剪宋这般架势很是不悦，左眼向上一吊："也算了人物！"神剪宋微微一笑，上了轿子。

第二天，药都都在贱卖神剪宋剪的小人儿。这天上午，睡足了神的柳少儒在六个家丁的前呼后拥下，来到了西河滩闹市。见货郎正沿街叫卖小人儿，他要了一个，只瞅了一眼，便一挥手："全买了！"手下人不解："大少爷，买纸人干吗？""蠢驴！你看这是谁？""这，这……"手下人还要还嘴，柳少儒甩手给他一个巴掌："别说身子了，就凭这眼神……"

一街的纸人儿，柳少儒能买完吗？不能。柳少儒只得托周大秀才出面请神剪宋听戏，了事。后来，神剪宋停了手。可此事一直传到今天，小纸人儿也卖到了今天。

鼓 手 刘

杜景礼

村里来了一名货郎,孩子看着货郎,看他手中的小鼓,一耸鼻翼:"叔叔,我想打两下——"货郎把摇鼓递给他,教他摇。红绳系住的鼓槌,一摇起来,"咚咚隆咚,咚咚隆咚"。

咚咚隆咚,你叫啥名?

咚咚隆咚,我叫刘大帅。

咚咚隆咚,好名字。

咚咚隆咚,咚咚隆咚。叔叔,你真好!

自此,家里开饭前,刘大帅都要拿起筷子,敲碗边儿,"当当个当,当当个当"。大哥刘大新剜他一眼,他不停;二哥刘大奇咳他一声,他也不停;爹说:"吃饭不许敲碗,像个要饭的!"刘大帅只好收起碗筷,可心却在这节奏上了,走到哪儿,手指敲到哪儿,吃菜嚼饭,走路点头,都有了节奏。

刘大帅开始全身心迷上鼓点了。

刘大帅没事就跑到老叔刘志高家。干啥去?老叔家有一台双卡录音机,他就听两盘:《十面埋伏》《百鸟朝凤》。反复听,听痴迷了,手指敲着椅子背儿,真迷!

这一年正月,李家营子办高跷秧歌,出事了。

张家营子、王家营子的秧歌来了。三个村子的高跷秧歌相遇,自然要比拼一把。李家营子秧歌很快就败下阵来,鼓不响,妆不亮,人不齐。临

散场时，鼓手李大嗓把鼓槌一丢，生闷气去了。刘大帅跑过去，拿起槌，敲起鼓。九岁的刘大帅鼓点一起，还真让人心头一震。可是，哪怕是在这振奋的鼓点中，李家营子秧歌队还是沮丧地败北了。

第二年秧歌会，李大嗓当上了会首，马上提议，换鼓手！交给一个十岁的孩子！人们不解，可还是听从了会首的安排。

刘大帅跟李大嗓说：咱编个阵。好家伙！一下子编出两个阵，一个是《十面埋伏》，一个是《百鸟朝凤》。刘大帅打鼓点，李大嗓排阵势，成了！

这一年，三村秧歌再会面。张家营子秧歌队扭得欢，王家营子秧歌队唱得好，可是，人们都奔到李家营子秧歌队来了，没别的，就看鼓手刘大帅呢。鼓声突起，如闻炮鸣之声，是《十面埋伏》的节奏，只见秧歌队前者退，后者上，齐整整排出正方阵，编花，挂斗，绚丽极了；鼓点再变，如听风卷松涛之响，是《百鸟朝凤》的点数，前者进，依次斜，后三排兜底，齐刷刷摆成三角阵，彩绸舞出蝴蝶翩飞，拉花颤成蜻蜓点水。再看中心点上那位，拉大衫的，一把扇子耍得行云流水。耍到酣处，鼓点猛一停，大衫公的扇子，立于头顶，大衫拉起，活脱脱一只彩凤！

好！人们欢呼，鼓声沉入欢呼，托起叫好之声。

张家营子队败了，没人送；王家营子队走了，没人看。鼓手刘的名气一下子扬遍十里八乡。

此后，李家营子秧歌队连连夺冠，夺得了三连冠、五连冠。

又一年除夕夜里，鼓手刘正和一班兄弟姐妹守岁，外面一声长嘶吓坏了众人，赶紧跑过去看，可不得了了，是老叔家失火！鼓手刘最受老叔一家的喜爱，哪能拉得住，他冲进屋里，搬这个拿那个，不忘拎起那台老式的双卡录音机。可是，就在要跑出来的瞬间，房顶落架了。

鼓手刘因伤截去了双手，鼓手刘当不成鼓手了，只好成天闷在家里。

李家营子秧歌队停办一年。

第二年，鼓手刘来找会首李大嗓："秧歌队，照办！"

李家营子秧歌队又出场了！谁打鼓？还是鼓手刘呗！怎么打啊？你去看看就知道了。

只见一面红彤彤的新蒙大鼓，四人高抬，鼓手刘坐在四人抬特制的椅架上，脚踩一下，椅架上的鼓棒就敲一下鼓。声音怎么这么特别？有人问鼓手刘。鼓手刘笑了：别人的鼓是牛皮鼓，我的鼓是狗皮鼓，韧性更强，声音瓮声瓮气的，传得更远！还有这鼓棒，是金丝楠木的，听起来，有金属的响声，可以打出十八般兵器撞击的效果！

牛，真牛，不愧是鼓手刘！

鼓手刘没有手，有脚，照样能打鼓，而且还打得更好了！

一名京城的导演，听说了鼓手刘的事儿，带他进了京；录完表演，又推他做了一期访谈节目。

鼓手刘名气更响了，响遍全国。各地爱好打鼓艺术的青年，纷纷来到李家营子村，拜鼓手刘为师，鼓手刘全都收下，免费教，弟子超百。其中有一名女学员，学了三期也不走。鼓手刘赶她，她说：我得意你的艺术，也迷你这个人，我要嫁给你！鼓手刘急了，吼她：我一个没有双臂的人了，能给你什么幸福？走！

姑娘走了，洒下一路泪水。

岁月匆匆，转眼几十年过去，鼓手刘高超的鼓技给李家营子带来过无数的荣誉。

鼓手刘寿终时，弟子问师父还有什么要求。鼓手刘用头朝那面伴了他一生的大鼓点了点。弟子们把鼓抬过来。鼓手刘说：鼓，鼓葬。

李家营子的西山上，多了一座又高又大的新坟，里面葬着那面狗皮大鼓和鼓手刘。

顶 门 杠

非 鱼

正月的最后一天,观头村叫"月尽"。月尽这天,要吃煎馍。

关于吃煎馍的习俗,谁也不知道哪朝哪代传下来的,反正那时候所有的节日都和吃有关,有句骂人俗语说的是:吃嘴婆娘盼过节。只有节日到了,才能理直气壮地吃,光明正大地吃。月尽摊煎馍对家家户户来说都是大事,吃了煎馍,年才算正经过完。

头天晚上,牛娃娘已经把面水和好醒上,又从麦秸垛拽了满满两筐麦秸堆在灶火前。

牛娃刚过十四岁,长得细皮嫩肉的,一点儿也没有牛犊健硕的样子。但牛娃学习好,喜顺爷每回看见牛娃就摸摸他的头:这娃将来是做官的料儿。牛娃爹听了这话心里高兴,更舍不得让牛娃干一点儿活儿,光让他学习。

月尽一大早,鸡叫头遍,牛娃娘就起来,点了灯,开始摊煎馍。蒸馒头的大铁锅用油抹了,醒了一夜的面水加了干花椒叶,光滑如缎,舀一勺,沿着半锅沿快速倒下去,趁着面汁往锅底流的时候,用铁铲从下往上刮均匀。放了锅铲,灶火里填一把麦秸,一拉风箱,一把大火轰地起来,锅里的煎馍熟了一面,用铲子把薄得如纸的边一铲,双手拉着,一抖,翻个个儿,再填一把麦秸,一张圆如大鼓、香软薄透的煎馍就上了大箅子。

牛娃娘煎馍摊得好是出了名的,牛娃爹没害病时,年年月尽抓了煎馍,端着辣子蒜水碗在崖头上显摆,这一害病,再走不上崖头了。但牛娃娘不马虎,攒了劲儿,日子得往前过啊。

鸡叫三遍，牛娃就起来了。他抓起煎馍就吃，牛娃娘说："还早，再睡会儿。"

牛娃说："不睡了，我跟天柱叔说好了，今天跟他们进山。"

牛娃娘吓一跳："老天爷，你进山干啥？"

牛娃又抓了一个煎馍："割蒿。"

牛娃娘的煎馍糊锅底了，她咋也劝说不下牛娃，又不敢让另一个窑里的男人听见，只能一声接一声地叹气。

吃了五个大煎馍，又包了几个，牛娃拿了绳、镰去找天柱叔，他娘在窑里摊着煎馍抹着泪。

村里人一年四季有空就上山割蒿，青蒿沤粪，干蒿烧火。进山割蒿都会喊叫几个人一起，互相有个照应，山里经常有蛇之类的野物出没。

牛娃跟着天柱叔进了山，牛娃娘在家提心吊胆一整天。太阳还在树梢上挂着，她就站在村口望着，一直到天麻麻黑，才看见挑着担子的天柱他们一闪一闪进了村。

"天柱，牛娃呢？"

"在后头。"

挑着担子的男人们陆陆续续进了村，牛娃娘见人就问，都说在后头。可天都黑透了，仍然没见牛娃的影子。

她又跑去天柱家，天柱正在喝汤。他说一天都和牛娃在一起，牛娃割了一捆干蒿，拾了一小捆硬柴，都说他拿不动，又不会挑担子，让他只背一样，可他不干，都要拿，大伙儿就帮他把硬柴和干蒿捆一起，弄扎实了，让他背着下山。刚开始，牛娃走前头，走着走着，挑担子的大人们就走他前头了，一路走一路喊着，听着他答应了，脚底下才走得快些，到沟口时还听见他应声呢。

牛娃娘听完，放了心，赶紧去沟口接。天柱放了碗，也慌忙跟了去。

正月的风还很硬，往沟里走，到处都是一片黑，各种声音在风中纠缠，最后形成一种古怪的响动，似风吼似兽叫。要不是天柱跟着，牛娃娘自己说啥也不敢走，想着牛娃还在沟里，她更是揪心。两个人一路走，一路喊，

沟里响着回声，但听不见牛娃应声。

又往沟里走了四五里路的样子，耳边突然响起几声像人大笑似的鸟叫，以往偶尔听到这种声音，村里人都觉得不吉利。天柱说："嫂子，不敢再往里走了，回村叫人吧。"

吃饭早的人家已经睡下，听见天柱喊叫，又从被窝里爬起来，几十个男人、女人很快聚在场院。喜顺爷也来了，他叫天柱拿上明火，男人进山，女人都在场院等着。

也许是明火的作用，也许是人多，再进山，那些声音似乎消失了。

进了沟口没多远，就有人发现了牛娃的蒿捆子，再找，在一个干草窝子里找到了牛娃，他居然睡着了。

大家七手八脚把牛娃和他的蒿捆子弄回场院，牛娃娘抱着牛娃哭得鼻涕一把泪一把。牛娃倒像没事人一样，说："路上有条蛇，我不敢走。蛇走了，蒿捆子放下，我又背不起来了，喊天柱叔，他们听不见。想着歇会儿，就睡着了。没事，没事，这不好好的？"

牛娃娘扬起手，想打他，又舍不得，最后轻轻落在儿子瘦削的背上。

牛娃说："辛苦喜顺爷、叔叔婶婶们了。"

天柱摆摆手："没事就好，没事就好。"

天宝笑说："小鸡娃身子，顶不了事。"

喜顺爷呵斥他："你懂个屁，这是老牛家顶门杠嘞。"

大 巧 巧

非 鱼

观头村把能干的媳妇叫巧巧。

大案板上擀出的面又薄又筋道叫巧巧;绣枕头、绣门帘针脚细密,鸳鸯蝴蝶、鱼啊花啊活灵活现叫巧巧;剪窗花能剪得了一张席子那么大的顶棚花叫巧巧;捏花馍能捏得了大糕上插的龙啊凤啊也叫巧巧。这几样都拿得起放得下,那就是大巧巧。

观头村的大巧巧只有五姑一个。

每年收了秋,麦子种到地里,男人们忙着修水库、修渠、整地,女人们除了生产队的活儿,就忙着预备娶媳妇、嫁闺女的细碎活儿,五姑也就开始忙了。

五姑的一张脸白腻富态,和其他女人焦黄的脸完全不同;一方月白的手帕顶在头上,一个光溜的发髻绾在脑后,同样黑蓝的衫子上不沾一星儿土,没有一个面点子、饭粒子;胳肢窝里夹一个蓝白条的土布小包,一走浑身一颤一颤地就进了一个地坑院。走进上窑,一骗身子,直接往炕头上一坐,双脚一盘,气定神闲地问主家:"想做啥?"不管主家提啥要求,都在她心里、手底下。

主家请五姑,那是提前十天半个月说好的,到了日子,没大事,五姑就上门,坐上炕头,主家心里才踏实,才跟五姑商量事儿。

"女子换鞋样,蒸糕嘞么。"

"几个糕?"

"男娃子家亲戚多,恐怕得三个。"

"一个捏一对凤凰,一个捏一对龙,一个捏鱼戏莲,咋样?"

"能中么,听你嘞。"

五姑说的是糕中间最大的那个花馍,是门面。

来帮忙的几个媳妇陆续来了,洗了手,在炕边坐了。主家把面盆搬上炕,小点儿的案板也搬上炕,五姑打开她的小包,里面是两寸长的小剪子,一寸长的牛骨梳,小镊子,细毛笔,还有一把亮晃晃的大剪子,一根半尺多长的红枣木擀面杖。五姑一摆开摊场,主家没事了,拿了鸡蛋去烧酸滚水,五姑的碗里起码得有四个荷包蛋。

这一天,五姑就一直坐在炕头上,帮忙的媳妇们忙着盘面、和面。五姑手里不停,嘴里不停,不大一会儿工夫,擀擀捏捏剪剪,一只大凤凰就成了形,左右端详一会儿,笑笑:"成了。"当一只大糕在锅里蒸熟时,五姑的一堆花馍也捏好了,上锅蒸熟,放凉,摆开几只小碟,调了桃红、翠绿、姜黄各色颜料,小毛笔蘸了,细细上色打扮。竹签一头插进花馍,一头插进大糕,正中的是那两只颤颤悠悠振翅欲飞的凤凰,喜鹊、百灵、小猫小狗、花花草草挨着插满整个糕顶,密密匝匝,热热闹闹。一个送往男方家的喜糕才算完成。

缺了五姑上门,各家的喜事总归是要大打折扣的。

五姑就惯下了好吃的毛病。提前来订日子,得带着点心,坐上炕头,半早上得有放荷包蛋的酸滚水,正点饭得见荤,再不济也得有葱油烙馍、炒鸡蛋,嘴不能亏。

栓牢家和五姑是隔院的邻居,栓牢娘死得早,栓牢爹一个人拉扯四个儿子,日子过得大窟窿小眼睛,院子里屋里到处都是乱糟糟的。爷儿五个端着饭碗在院里吃饭,从崖头上看,就像五个黑乎乎的土谷堆。五姑就笑话他们:"一窝黑老鸦。"这话传到栓牢爹耳朵里,他骂五姑:"吃嘴婆娘,游门子摆四方。"仇气就这样结下了,两家谁也不搭理谁。

这年冬天,刚进十月,媒人传话说栓牢的媳妇腊月要过门。

栓牢家的情况说个媳妇确实不易,栓牢爹笑得大板牙龇多长。整个观头村也都跟着高兴，一窝男人的家终于要有个女人打理了。

招呼事情的自然是喜顺爷，他一样一样给栓牢爹挦码，栓牢拿了小本子铅笔头记着，慢慢准备。唯有一样，栓牢爹作了难。

腾出来一眼东窑给栓牢，可窑里乌漆墨黑，得重新墁，得糊顶棚、炕墙。墁一遍容易，可这顶棚花、炕墙花、窗花、风门花，必须得请五姑，少了她剪的花，这窑就还是一孔烂窑。

栓牢爹急得满嘴燎泡，自己去请，磨不开面子；让栓牢去，栓牢不敢，怕五姑骂他；让喜顺爷去，喜顺爷说这事得主家亲自请，没有旁人去请的道理。

眼看着日子一天天临近，雪下了一场又一场，一切都停停当当，窑墁了两遍，顶棚用苇子席重新棚了，糊了报纸，五姑还没靠住。

栓牢爹蹲在崖头上，眼看着五姑今天夹着小包进了东家院，明天夹着小包去后沟，心里抓挠窝憋。一想到栓牢下面还有三个儿子都要用到五姑，他更是悔得直捶头。

离迎亲的日子还有五天。栓牢爹终于下了决心，包了一疙瘩柿饼拉下脸准备去请五姑，一打开院门，五姑正笑眯眯地颤着身子从门洞往下走，身后还跟着几个小媳妇。

她们又说又笑看着栓牢爹，从他身边挤进院里，直接进了东窑，把自己带的红纸、绿纸在炕上摊开，比画着顶棚、炕墙的尺寸，商量着花样。栓牢爹呆呆地站在窑门口，搓着大手，不知道说啥是好。

五姑吆喝他："你站那儿你会？"

栓牢爹说："不会，不会。"

五姑说："不会走远点儿，跟照壁墙一样，挡光了。"

栓牢爹说："他五姑，劳烦了。"

五姑剜他一眼："侄娃大事哩，我敢马虎？"

紫 记 儿

红 酒

紫记儿是个人名，可听起来不像。

紫记儿出生那天细雨蒙蒙，有燕子在屋檐下飞进飞出忙碌地筑巢。

记儿的娘一脸倦意地倚在床头，苍白俊美的脸上却是笑意盈盈。她目不转睛地望着锦丝小被中裹着的粉团儿似的女儿。

娘把慈爱的目光落在女儿嫩嫩的肩上，那儿有片紫红色的胎记，顺肩洒下，像一朵朵滴血的梅花。长有梅花胎记的人不多，记儿的胎记在右肩。于是，紫记儿就成了女孩的名字。

桃花溪紧紧地依偎着凤台山蜿蜒向东，溪流岸边，青竹成林，密密匝匝的榆叶梅分驻碎石小道两旁。纵深处有几处院落，被浓绿覆盖，影影绰绰，时隐时现。

紧靠竹林的三间瓦房是记儿的表哥家，这会儿柴门半掩，几只鹅昂首振羽，追逐嬉戏。屋前有两株垂柳，一阵暖风袭来，枝条摇曳，树影婆娑。南厢房房门洞开，有一白衫少年伏在矮桌旁，正在一截翠竹上专注地刻着什么。

白衫少年名叫陆子方，出身于竹雕世家，自幼师从家学，深得真传且又有新创，尤其擅长花鸟鱼虫，巧夺天工。

陆子方小小年纪，性情不免顽劣，常和表妹紫记儿手拉手下水捕鱼捉蟹摸虾。累了，俩人就并排坐在溪流边，脚丫子一下一下击打着水流，一任鱼儿贴着光洁的小腿游来游去，也有调皮的鱼儿轻啄记儿白嫩嫩的脚指头，直痒到心尖尖里。

紫记儿蓝花小褂，肩上的梅花胎记赫然入目，陆子方用手指沿着胎记边缘轻轻勾画，说记儿妹妹有个会开花的肩。

少年陆子方回到家后，将摸到的黑鱼青虾放入缸中，一改顽劣模样，凝神屏气细细观察那些活物的姿态神韵，一看就是半晌。

看足看够后就到园子里砍些青竹回来，信手雕刻。青虾长须，红尾鲤鱼，仿佛无水也会游；铁头蟋蟀，碧绿蝈蝈，人观看时不由得用手捂着，生怕有个闪失，虫儿就会蹦到草丛中去；那些花儿更奇，无论山谷幽兰还是艳丽桃花，都有袭人馨香扑面而来。霎时，鱼在游，虫在鸣，梅花有暗香，凤凰舞翩翩。

紫记儿在桃花溪水年年岁岁流响不断中出落成个绝色美人。表哥陆子方不光英俊洒脱一表人才，雕刻技艺更是日趋精湛天下无双。吃完定亲酒的那个午后，陆子方从怀中掏出个檀香木盒递给了记儿，打开来看，粉色盒衬上躺着一支碧绿的梅花发簪。

陆子方在这所望不到边的园子里，用精挑细选出来的翠竹雕刻了一支柔韧适度光泽温润可与翡翠媲美的与众不同的梅花簪。

那支簪上雕刻了无数朵梅花，姿态各异，疏密有致。光洁的簪尾空出一段，落下精精巧巧的篆字款。从簪中起，一朵两朵三朵……初看好似随意飘洒；看着看着，花朵渐密；至簪头处，梅花已是堆云叠雪般怒放了。簪头有花垂下，花蕊细如毫发，一朵套一朵如流苏般轻盈摇曳，像是要从梅树上不安分地一跃而下。

想不到小小一支簪子，陆子方居然立雕镂雕浅浮雕，手法多样，精美绝伦，巧夺天工。记儿爱不释手，巧笑倩兮，暖暖的眼神让陆子方心醉。他轻轻揽过记儿，将簪子斜斜地插在了记儿浓密的青丝间，在她耳边柔声说，来年开春迎娶记儿过门。

让记儿始料不及的是还没等到开春，陆子方就被召进了宫中。万历皇帝喜欢竹雕，尤其痴迷花鸟竹雕摆件，派出大臣明察暗访，有人推荐了陆子方。

陆子方并没被客客气气地请进宫——他手艺再高，也是个下贱的民间工匠。他被一条绳索拖着，跌跌撞撞地进了宫。从此关山万里不可越，高墙深院，空留两地苦相思。

开春了，草长莺飞，柳枝软垂，山溪春水又满，溪水中有花瓣打着旋儿犹犹豫豫地前行。紫记儿悄立溪边，无奈落花流水断人肠，记儿泪飞如雨。

噩耗传来，有人自京城传信儿，说陆子方为万历帝的书房精心雕刻了一条龙，那龙形态不凡，腾空跃起，气象万千，却不知是有意还是无心，把自己的篆字款落在了龙口中。皇帝龙颜大怒，下令处死了陆子方。

万历皇帝并没就此罢休，他听说陆子方还有个绝色的未婚妻和一支天下无双的梅花簪，于是，下令宣紫记儿即刻进宫。

记儿被一群侍女拥着走出茅屋时，所有的人都被她撼人的美惊呆了，只见记儿艳装华服，环佩叮当；发髻高耸，碧绿的梅花簪赫然入目。记儿面向南岸含泪跪拜，那日，陆子方就是从这里被差人拖走，踏上了一条不归路。

突然，昼黑如夜，霹雳震天，狂风大作，雨急似箭，记儿不见了。惊慌失措的侍女指着竹林，颤声说，恍然间看见有个身影扑进了翠竹林。

所有的翠竹都被砍倒了，枝叶凌乱，横七竖八。少顷，乌云退尽，暴雨停歇，紫记儿依然不见踪影。劈开青竹，每棵空竹心内都有一幅或清晰或模糊的滴血的梅花簪图形，却只能瞧，不能摸，摸了，有紫红液体顺着青竹一滴一滴淌下，桃花溪自此激滟如血……

不知过了多少时日，溪水中常有一白色大鸟单足伫立，日夜鸣叫。

那鸟头顶有冠，酷似梅花；背上有片紫红，顺着一侧鸟翼渐渐变淡。奇的是，鸟鸣声听起来像是一遍遍地召唤：陆郎——陆郎——

这只大鸟有个好听的名，叫紫记儿。

成吉思汗的两匹骏马

刘国星

额吉没想到进那达慕会场时,阿爸竟把四岁的巴图放在红马背上,还放开手,制造出一副巴图正在骑马驰骋的样子。巴图大叫,身体像面条样软瘫下滑,引得众人爬墙瞧影瞅乐子,叽叽嘎嘎的像群麻雀。额吉抢过巴图,搂在怀里,摩挲着后脑勺说不怕不怕!阿爸大笑,额吉白了他一眼,紧迈几步。巴图抹了两把脸,又扭过脖子看红马,看阿爸,看叽叽嘎嘎的这群人,小嘴咧成月牙。天又晴了。

昨晚月华千里,群星璀璨,营盘里牛马羊驼已在栏里安眠,毡包里也渐起鼾声。没想到夜半里,狼嗥声由远及近,最后,仿佛响在耳畔……巴图猫样地蜷卧在额吉怀里,身上罩层汗,盖的被子竟微微颤抖……阿爸却扑扑腾腾钻出包外,点燃火把,敲响铁器,嗷嗷叫着也学狼嗥……后来,扯天扯地的月光里,只有阿爸的叫声在飘荡,竟变成了长调,悠悠的。成吉思汗的两匹骏马,越过大漠,踏过冰河……歌声里,额吉见巴图睡熟了,甜甜的,脸颊上还嵌着两个酒窝。

巴图天亮出包时,东方的太阳正露出红红的笑脸,蓝天上挂着几只鹰,空气里弥漫着草的清香。栏里空空的,牛马羊驼早奔向了草场。不远处,阿爸哼着歌走上青青的山冈,一道晶亮的水柱子从腰间倾泻而下,霞光里竟映射出赤橙黄绿青蓝紫的颜色,像彩虹。蹲在草地上撒尿的巴图呆住了,连额吉催他吃饭看那达慕的呼唤声也听不见了。

挑战歌唱起来了,直冲云霄。阿爸站在那些山石一样的汉子里,古铜

色的臂膀里像埋藏进了小兔子，鼓突着。挑战歌里，阿爸他们冲出来了，跳着鹰步狮步，踏得地皮直颤。颈上的章嘎呼啦啦地迎风飘扬……额吉和巴图没想到，阿爸在摔倒一个摔跤手时，竟奔过来抱起巴图，大笑着一下一下地往天上抛……巴图脸色煞白，都忘记哭了。额吉起先还在笑，可看到巴图的惊恐模样，又一把抢过来，宝贝一样地抱在怀里。巴图窝在额吉的怀抱里，好一阵儿才扭过头来。

阿爸最终拿了搏克的冠军，在庆祝胜利时，阿爸竟张开双臂，绕场跑起来。整个会场像沸腾的海洋，众人都大声喊着阿爸的名字。额吉也喊着阿爸的名字，却在巴图的脸上亲了又亲，眼睛里闪耀着晶莹的泪花。巴图觉得阿爸像只雄鹰，只不过鹰在天空飞，而阿爸是在草地上飞。巴图大喊阿爸阿爸，也在额吉的脸上亲了两口。阿爸奔过来，把巴图和额吉紧紧地搂在怀里，巴图都有点儿喘不上气来了，可脸上还是笑着哩！

苏鲁锭军旗猎猎，手抓肉和酒的清香飘荡在空气里……马头琴拉响了，悠扬而又忧伤。老琴师白须飘飘，湛蓝的蒙古袍像从蓝天上扯下来的布。他抿了口酒，悠悠唱道：

　　草原上流传着忧伤的歌
　　歌声染绿了大漠融化了冰河
　　纵然还有千里万里
　　我在歌声中寻找你
　　寻找你
　　……

草原上的风吹过来，人群静下来，空气里只有老人的歌声：

　　哎，成吉思汗的两匹骏马
　　圣祖还在等你回家

巴图见阿爸和汉子们都举起了酒杯,和着歌声:

回家喝了这杯酒
和你一起驰骋
一起驰骋天下
……

巴图站起身,展开双臂跑进场子,谁知竟跌倒在地,四周没有笑声,只有歌声萦绕耳畔。额吉扑过来,巴图竟推开额吉的手,爬起来,又伸展着双臂绕场跑起来……孩子们仿佛受到了感染,个个伸展双臂,在歌声里绕场跑起来。歌声更大了,更高了。

翌日晨起,额吉见巴图憋着尿跑上就近的山冈,站稳身形,对着茫茫草原,一挺一挺地淋洒着水珠子……回来的路上,巴图要骑马,要骑那匹红马,谁也不让扶,而且还真有种纵马驰骋的意思啦!

数　羊

王　族

数羊是图瓦人的一种游戏。

游戏很简单，从一只羊开始往上数，数到300只羊就赢了。这只是一种数字游戏，并不用赶300只羊到场。一个人碰到另一个人了，想和他赌一赌，就说，咱们数羊吧。两个人中可以有一个人任意选择数羊或监督。选择数羊的人开始"一只羊，两只羊，三只羊，四只羊……"往上数，监督的人则标出赌注：你若数到300只羊，我就给你一只羊；你要是数不到，就给我一只。一般人都数不到300，因为在每个数字后面都带有"羊"字，人的思维很容易被分散。也有人数到了300，从别人手里赢得了一只羊。有一段时间，村里人认为数300太多，把数字降到了200，但后来受到那些数到过300的人的痛斥，便又恢复到了300。

数羊也是人的尊严的表现。走在村子里，有一个人突然把你拦住要和你数羊，这时候你不能躲避，如果躲避的话，别人就会笑话你。男人嘛，在阿尔泰大山里就是养羊的嘛，连一只羊都玩不起，你以后不可能有更大的羊群。被别人这么一激，谁都会马上去数。好多人都是因为被激起了数兴输了羊的。输了之后，心里后悔，却又无法发作。有一段时间，有人专以数羊为生，把这种古老的游戏演变成了一种赌博，他们掌握了数300只羊的什么方法，战无不胜，村里人都害怕他们，看见他们便远远地躲开。

村里的小孩子也玩这种游戏。他们没有羊，输了之后就用铅笔或作业本抵，但他们把一支铅笔或一个作业本说成是一只羊，输了就给，绝不反悔。

有一个小孩子的父亲得知自己的儿子赢得了别人的一只羊后只拿回了一支铅笔，感到不公平，便去找那个孩子的父亲，提出按多年来的传统规矩办事，必须得给他一只羊。那个孩子的父亲二话不说，牵出一只羊给了他。他说，我的儿子虽然输了，但输羊不输人，我儿子长大还要成为男子汉呢，一只羊算什么。要羊的那个人说，我儿子今天赢了，已经是男子汉了。两个人一个不服一个，于是便又赌起来，结果，来要羊的那个人输了，那只刚刚到他手里的羊又回到了原主人的圈里。他气不过，向对方说，明天我牵十只羊来，有本事咱们好好数一数。不料当晚下了一场大雪，他的羊被冻死了好几只，到第二天早上不够十只了。男子汉大丈夫，一言既出，驷马难追，他把自己的马牵来，说，用一匹马抵两只羊，我不怕吃亏。两个人站在寒冷的风雪中开始数，你一轮，我一轮，一直数到下午。结果，他把八只羊加一匹马全输了。正懊恼之际，不料他的儿子却欢叫着跑过来告诉他，刚才他和那个人数羊时，儿子和那个人的儿子也在数，结果儿子赢了他们八只羊和自己的马。他转忧为喜，从对方手中牵过八只羊和自己的马，领着儿子兴高采烈地回家去了。走在路上，他想，战斗了两天，到头来自己不输不赢，这样也挺好。

村子里数羊输得最多的人是孟多。那几年他运气不好，老是输，越输他越不服气，越不服越输，输到最后，他连一只羊都没有了。别人都不愿和他再玩。有一个人对他说，我们现在有这么多的羊，但你却没有一只，等你有一大群羊了再来和我们数吧。孟多痛下决心，开始养羊。他的羊群到了几百只的时候，他已从年轻人变成了中年人；羊群到了一千多只的时候，他又由中年人变成了老年人，但他却还不去和人数。一直等羊群上了两千只，这时候，他再去找那几个曾经赢过他的羊的人，但他们早已死了。细细一问，才知道他们自从有了从别人手里赢来的羊以后，就不再去干活儿了，过一段时间宰一只羊，吃完了便又去宰，最后，坐吃山空，到年老的时候，日子过得极其贫穷。

孟多感慨万千，这世上从来没见过谁靠数羊能拥有一大群羊，而真正拥有羊群的人，都是像他这样勤勤恳恳靠劳动所得。

其后不久，孟多突然记起了一件事，在年轻的时候，他曾欠一个人一只羊,当时自己曾许下诺言,等以后自己有羊群了,一定还上。这么多年过去,人家从来没提过此事,他感到很愧疚。他从自己的羊群中挑出十只最肥的羊赶过去找那个人,但那个人早已搬到别处去了,谁也不知道那个人的具体地址。孟多后悔至极,没想到自己活到老,却无法偿还欠别人的一只羊。如果能找到那个人,孟多一定要把这十只羊给他。想想现在自己拥有了这么大的羊群,却一直欠着别人一只羊,这件事也类似数羊一般,自己一口气从 1 数到了 300,但最后自己还是输了,因为欠别人的一只羊再也无法还了。

走在村子里,孟多又见到了一对对数羊的人。他从他们身上看到了自己当年的影子。人们一天天过着日子,数羊这种传统的游戏,仍将被人们视为生活中的一种秩序、一种竞争、一种显示着人的尊严和信用的独特的方式;人们自觉遵守这个游戏的规则,这个游戏也相应地激活了人们的生活。那一刻,孟多才知道数羊这种游戏是多么有意思的一件事。

一只羊被数来数去,一会儿是你的,一会儿是我的,羊没有变,人也没有变,只有一场游戏在变。

应了那句老话,人生就是一场游戏。

香 橼 杯

强 雯

罗家村在四川盆地的一个大山里。这村逐渐衰败,迁徙的、务工的青壮年逐渐离家,只剩下了为数不多的几个老人,罗晃子是其中一个。

罗晃子没有其他技能,只会做酒。他做酒用的是祖传秘方——香橼杯,宋代的时候是宫廷御酒,京华达官贵人之清供。话说宋徽宗年间,祖上有人贮酒,因家中罐皿皆为战事所伤,不得已,摘下房前屋后的香橼——其长如瓜,有的长至一尺四五寸,可盛物,清香袭人——遂盛酒,香橼杯由此得名。还有一朝皇帝为此酒题诗"柔软九回肠,冷怯玻璃盏"。

当然,这些都是罗晃子自己说的,他的酒也就在山头与山头之间流传。

有省亲的他乡人、美国的摄影师、马帮富贾、游客路过,讨一杯酒喝,香橼杯的名声深深浅浅辗转流传。

香橼杯量少,好酒要等到秋季香橼成熟时采摘下来。从前,罗家村盛产香橼,家家户户做香橼杯。后来村里凋落,种植香橼的只有罗晃子一家,房前屋后种植稀疏几棵。罗晃子说,又不以香橼杯为生计,纯粹是对老祖宗的一个念想,所以并没扩大经营,也没有收徒弟。

投缘的,喝上一杯,哭上一把。

"为什么要哭呢?"

"也许是太好喝了吧。"没喝过的人猜测。

"想家,想媳妇和爹妈。"喝了的人跌跌撞撞。

也有人来取经——香橼杯的酿制。无果。

一个会说中国话的美国摄影师在罗家村住了一周，拍摄了罗晃子做酒的前前后后，但没有挖到诀窍。这期专访刊登在一本著名杂志上，淹没在故纸堆中。

20世纪90年代末期，陆陆续续来了一些台商、港商，要在罗家村大兴土木，照例路过罗晃子家，村干部抬脚便求酒。

罗晃子从灶台拾掇了几个土碗。

"罗晃子，香橼杯是要有香橼做药引的。"村干部说，"怎么能让贵客用你发霉的土碗！"

罗晃子常年佝偻，说话的时候，声音好似从背部闷闷地发出。

富商们将就喝下了土碗酒，没再多语。村里人都是这样，敝帚自珍，井底之蛙！富商们什么没吃喝过？天上地下海底鲜，无奇不有。

寒暄片刻，问了些家眷、收成之类，一众人便走了。

这一走，就再没来过。村干部觉得蹊跷，问个中理由，富商传言说想家了，不宜在外动土。

村干部去找罗晃子讨酒喝，罗晃子还是那碗土酒，村干部喝得直哭："其他村都富了，铲了，平了，咱罗家村还守着这个破庙干吗？就你这手艺，收几个徒弟，到城市里去，开个公司，办个厂，下辈子都有着落了。……"

"人穷志短啊！"村干部哭得稀里哗啦地走了。

谁喝谁伤心啊！香橼杯有了这样的名声，就没人敢动它了，除非是罗晃子死了。可就是罗晃子死了，大家也会痛哭一场。

时间兜兜转转，过五年说罗家村要被铲平，因为这片地被纳入大融城商业计划；过几年又说此地要修高速公路；又过几年说这里要打造生态自然区。那些年，香橼的产量时好时坏，有时形状如癞蛤蟆，有时如拳头般大，成色欠佳。罗晃子并不采摘，任其自生自灭。

过去的清供，现世的尘埃。他等着这几棵树老死后，自己随便找个地方了断此生。

一天，来了一个客人，人称谢扎扎，不嗜酒，爱看人醉饮。

"我老家也种植香橼，人称'软金杯'。香橼不是稀罕物，"谢扎扎海阔天空，"云南一带盛产。不过云南香橼和四川香橼略有区别。该物喜高温湿热，但四川海拔不高，所以香橼容貌略娇小，皮皱；云南香橼则肉厚，皮有光泽。用黄而圆的香橼做成酒杯，酒中带有橙香，橙中浸有酒味儿，色泽黄润，人呼'软金杯'。"

罗晃子耳闻过，但笑不语，"香橼遍天下，杯中已无物"。

"借物做酒，物终是借来的。重点还是在酒。"谢扎扎邀请罗晃子一同去云南，尝尝那里的香橼。

"多少人劝我离开这里。树挪死，人挪活。"

"不做生意，也不做活路。我们土人常把香橼置放在明窗净几间，供若神明。"

晚上，罗晃子抱了两个在地上快烂掉的香橼："我给你做酒。"

"我不喝酒。"

"香橼腐烂三十六小时后酒味儿最佳。"罗晃子动手切起果肉来，酸涩的酒味儿弥漫老屋，"把未坏的细肉剁烂，坏掉的果肉存大块，坏肉上放盐，等二十分钟。再一起放点儿糖，搅拌，密封二十分钟。"罗晃子佝偻的背晃动起来，好像那是一个肉锤，挤压着果肉……

大山深处无星月，风萧萧，尚知人间烟火。突然，狗吠不止，长啸如狼，有熟睡的人被惊醒，发一身冷汗。大山深处，一户人家离另一户人家有四五里远。

村干部在一个月后，又带考察组来罗晃子家，说是讨杯酒喝，争取纳入文化遗产保护项目，但罗晃子家仅余一间破屋烂梁。

"什么香橼？"专家问，并仔细查看房前屋后植物的痕迹，"这东西不稀奇，广西、云南近水之地都有，我当什么宝贝！"

"香橼杯可是宋代的贡酒。"村干部说起来一点儿底气都没有。

"贡酒？"专家嘿嘿笑，环顾四周，"一片叶子都没有。"

罗晃子死了？村干部狐疑，不得其解——残屋，破地，清凉凋敝，他抽了抽鼻子，闻到酸酸臭臭的味道。

外婆家的杨梅树

莫 美

小时候，我在乡下外婆家住过几年。

外婆家的屋后有一棵杨梅树，主干有两层楼那么高，树冠有一间房那么大。春末夏初，杨梅树上便挂满杨梅，开始是青青的，慢慢地变红，熟透了，看着让人流口水，放进嘴里，蜜一样甜。

外婆心里有两个宝贝：一个是我，一个便是这棵杨梅树。

这棵杨梅树每年能结三四百斤杨梅。杨梅摘下来后，除了自家人吃，除了左邻右舍尝尝鲜，还要浸酒，还要卖钱。外婆家每年要浸三大坛杨梅酒，外公、舅舅都不爱喝，倒是外婆每天晚上要喝一小杯。村里人说，外婆五十多岁了，看上去一点儿也不显老，是杨梅酒养的呢。余下的杨梅，要挑到街上去卖，三毛钱一斤，可卖六七十元钱。六七十元钱是个什么概念？在生产队里，舅舅一年能挣三千多工分，年终结算，每十个工分只能分两毛多钱。也就是说，一棵杨梅树，顶舅舅那样的壮劳力辛辛苦苦劳动一年的收入。难怪外婆要把杨梅树当宝贝看了。

杨梅由青转红的时候，外婆就天天待在家里守着。屋后有一条高坡，细伢子站在高坡上，用木棍或石头可以打到杨梅，一棍或一石头，就可以打下十几甚至几十颗。如果无人看守，不等成熟，杨梅都被打没了。即使有人守着，也难看得住。只要外婆一背脸，杨梅就可能被偷打。

带头偷杨梅的是表哥顺生，我也跟在后面。总共五六个细伢子，也不多打，每人能分上四五颗。那杨梅入口，又酸又涩，一点儿也不好吃，但我们吃得津津有味。外婆闻声而出，我们早一溜烟跑到了她看不见的地方，蹲下来，屏住气，听外婆骂。

外婆骂人的声音很洪亮，抑扬顿挫，有板有眼，像唱歌一样：

你些没良心的鬼崽子哎——

你些砍脑壳的鬼崽子哎——

杨梅还是青的哩，你们就这样下得去手啊！

你们吃了烂嘴巴啊，坏肚子啊……

骂来骂去，也就这么几句。骂得越厉害，我们越开心。骂声停下来，反倒没味儿了，哄一声散了。好像我们偷杨梅，就是为了赚取外婆的骂声。

其实，外婆知道是表哥带的头。回到家里，她冷不防就会抓住表哥的耳朵，边扯边骂。有时，表哥忍不住了，就会把我供出来，说："英子也参加了，凭什么只打我骂我？"外婆就会说："英子是个妹子，又比你小，还不是你带坏的？"又问："你还带头去偷不？"等表哥立了保证，外婆也就松了手。

但保证归保证，偷还是要偷的。外婆骂也是要骂的。

外婆骂得越来越难听。我就对表哥说："我们不去偷了，不赚骂了，想吃，就和外婆说，摘几颗下来。"

表哥想都不想，就说："那有什么味儿？又不好吃。"有时还装出一副大人样子来："细伢子要赚骂，骂去身上的凶煞，才长得大呢。"

一回两回，杨梅便在我们的偷打和外婆的咒骂声中成熟了。外公翻开历书，选一个黄道吉日，吆喝着舅舅和表哥采摘杨梅。到那一天，左邻右舍包括那些偷打过杨梅的细伢子，都会过来尝尝鲜。外婆显得分外高兴，总是笑呵呵地说："吃啊，多吃啊，好吃呢。"看见表哥和那些细伢子，外婆还会说："要是顺生那些鬼崽子不偷打，还要多很多哩。"外公就说："杨梅树啊，要细伢子偷，老人骂，才旺呢。"

我们这些细伢子就边吃杨梅边嘻嘻地笑。

村子里有好几棵杨梅树，但数外婆家的杨梅树最高最大，结的杨梅最多最甜。为什么呢？因为外婆家对杨梅树最好。

外婆说，礼尚往来，人也好，猪也好，树也好，都是一样。杨梅树结杨梅给我们吃，我们也要以礼相还，不然就不结果了，结了果也不会甜。

怎么还礼呢？除了春上给杨梅树施肥外，每年还要给杨梅树过年。

大年三十晚上，我们坐在火炉边，听外公东拉西扯讲故事，外婆看时间不早了，就说："该给杨梅树过年了。"外公提着酒菜，舅舅拿一把柴刀，两人蹑手蹑脚地走到杨梅树下。

舅舅在杨梅树上猛剁一刀，问道："你是什么树？"

外公就答："我是杨梅树！"

舅舅把酒倒到刀口处，问："酒好吃不？"

外公就说："好吃。"

舅舅又把菜倒到刀口处，问："菜好吃不？"

外公就说："好吃。"

吃喝之后，话题转换，还是一问一答。

"你结不结杨梅？"

"结呢！"

"结多少？"

"三担零一箩。"

"起不起虫？"

"不起虫。"

"酸不酸？"

"不酸。"

"红不红？"

"红。"

"甜不甜？"

"甜。"

"落不落果？"

"不落果！"

问答完毕，放一挂鞭炮，杨梅树就过完年了，新年也就到了……

又是杨梅挂果时。一天下午,我们还未去偷打杨梅呢,外婆家里来了十几个人。他们径直走到杨梅树下,说这棵树是资本主义尾巴,必须砍了。外公、舅舅站在树下,愁眉苦脸,什么也不敢说。外婆死死地抱住杨梅树,一把眼泪,一把鼻涕,边哭边骂:"这棵杨梅树,就是我的崽啊,比我崽还要强啊。崽还靠不住啊,树靠得住啊。这棵杨梅树,老老实实在这里,没踩你们的肚子啊,碍了你们什么事啊?要这样下毒手啊。你们砍了这棵杨梅树,我就只能死了啊。要砍杨梅树,就先砍死我啊。饿死不如被你们砍死啊。砍死我你们也不得好死啊。"

哭也好,骂也好,都没用。外婆,被拖开了。

杨梅树,被砍倒了。

外婆哭骂了好几天,喉咙哑了,才停下来。

外婆,一下子,就老了。

吃腊八粥

孙卫卫

小时候，我们最爱吃腊八粥了。

一进腊月，就开始准备这顿大餐。

腊八粥的主要原料是玉米粒。先用水把玉米湿一会儿，再通过碾子或者机器脱掉皮，留下的就是白生生、圆滚滚的玉米粒了。这个工作每年都是爷爷在做，我是他的小助手。开始，我们村里没有碾子和机器，我们得到七八里外的一个地方去完成这道工序。

排队的人很多，到我们时，往往已是中午。一头小毛驴拉着碾磙子，有气无力地转着圈，它好像也没有吃饱饭，我担心它随时都有可能倒下。饥肠辘辘的我张着口袋，看着爷爷用笤帚把玉米粒一颗一颗从碾盘边扫进去。

腊八粥是咸的。即使平时很少吃肉，腊八粥里也要放一点儿肉，就像过年总要给小孩置办一身新衣服一样。肉是提前到镇上割好的。豆腐、胡萝卜、黄豆、青菜也不可少。奶奶说腊八粥里要有八样东西，我们每次吃似乎都要数一数。

腊月初七晚上就开始做腊八粥了，最费时的是煮粥，好像要煮一个晚上。很长一段时间，我们家没有鼓风机，都是我妈妈手拉风箱。我都睡了，迷迷糊糊还是能听到锅碗瓢盆碰撞的声音。

其实，头天晚上基本算是做好了，第二天早上只需要热一下。我们还在睡觉，就被大人喊着起来吃腊八粥。好像有个说法，吃得越早，来年生活越好。

当然，大人早早地也给我们家的看门狗小赛虎盛上了一碗。它那么聪明，应该知道今天过节。

一碗已经下肚了，这时候天才微亮。本族走得比较近的人也会把他们家煮的腊八粥送过来，我们也要回过去一碗。陆续有伙伴们端着他们家的腊八粥来我们家吃。我吃他碗里的，他吃我碗里的，似乎还是我们家的更好吃。

奶奶牙不好，嚼不动玉米粒，只能喝一些稀汤，吃些蔬菜。她迈着小脚，每年都会在院子里的那棵桃树枝杈上放一两颗玉米粒，说是桃树吃了来年会结很大的果实。我和妹妹也学着奶奶，在其他树枝杈上放一些。桑树太高，够不着枝杈，我们就放在树下。

小姨出嫁的头一年，被我们请回来吃腊八粥。请得更多的是我的小表妹。她就是我们的小玩伴，头天下午到，我们和她闹到眼皮打架才肯睡觉。第二天早早起床，吃完腊八粥，再玩一会儿。我们和她一起从家里出发，我们去我们的学校，她走另一条路回她的学校。在岔路口和她告别，总是很失落，又没有可以玩的伙伴了。

隔壁的奶奶，她的儿子在外地当兵，家里知道他过年要回来，给他一直准备着腊八粥。那时没有电冰箱，即使是冬天，煮熟的东西要放很多天也是很难的。多少年过去了，我的那个叔叔肯定会记着他妈妈为他留腊八粥的事。我是一直记着的，每年腊八都会想起他们。

过了腊八，过年的气氛一天天浓烈起来。妈妈经常说，什么事也没干，这一年又过去了，我现在也经常这么说。

离开家乡后，再没有吃过那样做法的腊八粥了。听说，现在很多人已经不再做，嫌麻烦。

风　筝　劫

青　铜

　　桥镇北郊，是一块荒地，生着一人高的红麻和黄蒿，一座柴门疏篱的小院把炊烟高举在风中。炊烟之上，是云朵和鸟；是大大小小的风筝，随风飘摇。

　　这些风筝，有时是轻飘的软翅，有时是硬朗的板子，有时又是姿态曼妙的串子。春天风软，蜜蜂与蝴蝶争艳，沙燕与仙鹤竞翔，天空便是它们的花丛；夏天风硬，鹊桥会、梁山一百单八将纷纷亮相，天空便是他们的情场和战场；秋天，风烈起来，百尺长的飞天蜈蚣才能舒展筋骨，一飞冲天；只有冬天，风猛，钢筋竹骨的双鲤鱼才能腾空直上，悠游在云朵之间。各式风筝，带着不同的哨子：鹞鞭、竹哨、响弓，音色清润，高低不同，似飘飘仙乐从天空缓缓降临。

　　每每听到风中传来悠扬的哨声，桥镇人就知道，风筝王又在放风筝了。

　　此时，风筝王已回到小院，坐在一只蒲团上，扎风筝。他腿上蒙着块破围裙，用薄而利的篾刀，劈出极薄的竹青，再上火炙烤，细察那火色，由红转绿、由绿转青。就是这些普通的竹子，在风筝王手里神奇地弯曲着、变化着，逐渐成形，之后是画样、上色、涂绘勾描。做这一切的时候，风筝王总是眯着细长的眼睛，尾指微微翘着，像个绣花的女人。他时而抬头望一眼那只翔舞的沙燕，眼神就飘摇得不知去向。

　　那年，风筝王借一出"风筝会"赢得珠儿芳心，乘着一场大风，用一面双鲤鱼板子风筝将珠儿从绣楼上"偷"出。那真是一次奇妙的旅程，他和他的珠儿，乘着风筝，驾驭着呼啸的海风，仿佛一对神仙眷侣。他忍不住就放开喉咙，唱起了家乡小调：

"南风呀没有北风呀凉，荷花呀没有桂花儿香，燕子呀垒窝嘛在高楼，梧桐呀树上落呀嘛落凤凰。乖姐呀爱的是咱有情郎……"

珠儿本来还两眼泪汪汪的，一听这唱词儿就破涕为笑了。

风筝王携妻回到桥镇，他爹已然逝去，盐铺子无人打理，早已关门，家业荡然无存。风筝王夫妻二人却安贫乐道，自己打坯，在桥镇北头的野地里盖了座小院，开荒种粮，闲来便研究风筝，扎、糊、绘、染……

沉浸在回忆中，风筝王衰老的脸上漾起一丝波纹。他的目光追随着空中那只翻飞的沙燕，一低头，就落在篱笆外一座绿草萋萋的坟茔上。桥镇人不识风筝之趣，这些风筝，本就是给她一个人看的。

风筝王夫妇扎制的风筝，集南鹞北鸢之大成，常有人慕名前来，以百金求购。风筝王夫妻却从来不卖，只是自己赏玩。这样的日子倒也清静，一晃就是十载。

那一年，史灌河一夜之间突然见了底。河漏了！不出一月，光州大旱，禾苗可燃。当年秋，桥镇颗粒无收，未入冬，炊烟已绝。风筝王家的米囤也早已空了。此时，光州城大富商马五爷派管家过来，开出一石白米换一只纸鸢的价码。

风筝王断然拒绝。

管家抛下一句话：人都要死了，还守着那些花纸头做啥子？！

转眼进了腊月。桥镇已是饿殍遍野，珠儿也饿倒在榻上。风筝王一夜未眠，清晨，从壁间取下一只风筝，出门去了。

风筝王前脚刚迈出房门，就听到珠儿说，都拿去吧，多换些白米，给他们……

珠儿说的"他们"，是指桥镇的那些同样等米下锅的灾民。风筝王一怔，泪就涌出了眼角。

风筝王回来时已是黄昏，身后跟着一溜儿马车，驮着沉甸甸的麻袋。马车后跟着马五爷和一帮持刀护粮的家丁。

风筝王强撑着瘦骨嶙峋的身子，从堂屋、厢房到回廊的墙壁上、箱笼里，将那些大大小小的风筝一一摘下、取出，有人物风筝"判官""钟馗""包公""寿星"，有故事风筝"禹工锁蛟""刘海戏金蟾""吹箫引凤""天女散花"，有花鸟、鱼虫、瑞兽、祥禽……大到十数丈长的白龙风筝，小到半寸见方的蝴蝶风筝，花样繁多，各有不同。

大米已经卸下，风筝已装上马车，马五爷忽又回身，目光直愣愣地盯着房梁上架着的那只巨大的双鲤鱼板子风筝。

风筝王摇头。

马五爷从袖中摸出六根金条，当啷一声掷在桌上。

风筝王摇头。

马五爷冷哼一声，拂袖而去。临出门，又回望一眼双鲤鱼，眼睛如同猫眼一样闪光。

马五爷并没兑现起初的价码，三百只风筝，只换来三千斤白米和五千斤杂粮。当晚，这些粮食就进了桥镇几百户人家的锅里，三个月未见炊烟的桥镇又有了一丝儿烟火气息。

风筝王跌坐在小院中，耳边仍是车轮哑哑而去的声音。那些飘然远去的风筝，仿佛已将他身体内的力气一丝丝抽尽。风筝王并没想到，正是那只他执意留下的双鲤鱼，惹来了一场祸端。

半月后的一个夜晚，一伙蒙面人闯进门来，抢夺双鲤鱼。珠儿奋力阻拦，被一刀砍翻。风筝王情急之下，将双鲤鱼撕得支离破碎。

贼人仓皇逃离。珠儿强撑起身子，坐在血泊中，绘制一只未完工的沙燕。珠儿的鲜血染红了沙燕雪白的肚腹，被巧手勾勒成一朵殷红的牡丹……

大旱终于过去，史灌河又波光潋滟。清晨，风筝王走到珠儿坟旁，将裱糊一新的双鲤鱼和那只被鲜血染红的沙燕放飞。云白天蓝，沙燕和鲤鱼乘风直上，越飞越远，与飞鸟混迹一处，真假难辨。

他知道，她能够看见。

绝 技

柳海雪

石匠肖三是苏、鲁、豫、皖四省交界有名的石匠，手艺祖传。据说他祖上参与过凤阳明祖陵的修建。他的手艺到他这辈更是炉火纯青，精湛绝伦。这么说吧：远处听他做活儿，激越时大锤似琴师击鼓，咚咚如雷；婉转时小凿如悲女拖腔，凄凄切切。近处看他做活儿，慢时似绣女走针，描龙绣凤；快时如拳师打擂，眼花缭乱。他家的酒壶、酒杯、茶壶、茶碗没有瓷器，一概出自他手下的石料。至于乡里刻碑锻磨，在他眼里是些小活儿，不够徒弟们做的。

小鬼子投降那年，家乡大旱，赤地千里，饿殍满道，再加上国民党到处抢粮食、拉壮丁，肖石匠家也和乡邻一样，断了生计。可是县里边靠儿子做接收大员发了大财的财主秦百万偏偏要修祖坟，那用意很明显：灾年工贱。秦百万还放出了话：非苏、鲁、豫、皖交界坐头三把交椅的石匠不用，用谁，还得先看手艺。秦百万仗着有俩臭钱，恨不得让鲁班再生，做他家的匠人。

看手艺那天，四省交界三十多县的石匠头儿来了上百。肖石匠本不想凑那个热闹，但想到去了能救活手下几十口徒子徒孙，手艺也有了传人，还是勉强去了。

经过三天的角逐，最后只剩下三人。三人当中一个是山东的，姓滕，名已不可考。一个是河南的，姓商，名亦不可考。最后一个就是肖三了，他家住皖北。

"你有什么好活儿？拿出来见识见识。"秦百万端坐在太师椅上品着

新茶，慢条斯理地对山东人说。

山东人从怀里掏出的是一根石链，长约三米。那石链加工精细，难能可贵的倒不是它的做工，而是加工它用的是一根长条石料。石链每环只有铜钱大小，整齐划一，能屈能伸，能盘能折，抖动时哗哗作响。

秦百万看了石链先是双眼一亮，接着"嗯"了一声，不置可否："歇着听回话儿吧。"

河南人从家什包里掏出的是一个算盘，棕色。粗看那算盘与枣木的无异，只是更亮，手掂时才知用的亦是石料。那算盘奇就奇在用料也是一块整石，而且珠子能拨，拨时叮当作响，如珠落玉盘。

秦百万看了石算盘两眼仍是一亮，然后"哦"了一声："也一边歇着，等听回话儿吧。"亦不置可否。

肖三出场的时候并不动手。徒弟帮他搬来的是一只木箱。令人叫绝的是，那木箱的锁环锁扣不是铜铁做的，竟是石头做成的。当打开那木箱的时候，满堂的绅士、财主、石工、跑堂惊呆了。那箱里装的是一只石鸟笼。鸟笼里有一只褐色画眉，一只水盅。鸟笼、鸟、水盅都是用一块整石雕的。当肖三把那鸟笼放置风口处，那鸟竟"啾啾"地叫了起来，好听，像打开了八音盒一般。

"好！"秦百万大叫一声站了起来，两只眼球竟死了一般不能转动，要不是下人喊了一声"东家"，怕秦百万要站死在鸟笼旁边，成为木桩。

苏、鲁、豫、皖四省交界的几帮顶尖石匠尽被秦百万招用。秦百万的祖坟修了三年。要不是已听得解放大军的隆隆炮响，秦百万还没有竣工的意思。他的事儿多了，不是这只石马的脸长，就是那只石牛的腿短，老得返工。

当最后的工程——牌坊揭下红布的时候，解放大军已解放了县城。收工宴那晚，秦百万专给三位石匠上了好酒，尊为上宾，至于他们的徒子徒孙，只配偏桌坐着。

秦百万问山东滕石匠说："活儿你们干得没啥说的，师傅，你能否做得更好？"

滕石匠说:"能,好无尽头嘛。"秦百万"唔"了一声。

秦百万问河南的商石匠:"师傅,你呢?"

商石匠说:"好无止境,我也能。"秦百万同样"唔"了一声。

秦百万把脸转向肖三问:"肖师傅,你就不用说了吧?"

肖三说:"我怎能不说?我的好活儿还想留到改朝换代之后呢!"

秦百万听了,没说什么,只是给三人劝酒。

三个月以后,三个石匠都死了。原来秦百万给三个石匠喝的是慢性毒酒。他怕三个石匠再被人用,他更怕别人的祖坟建造工艺超过他家。

后人常常到秦百万祖坟上去看。秦坟成了景点。不过他们看的都是石匠们的绝技,秦百万的家世早被人丢到了脑后。令人不解的是,经过风吹日晒,第二年石坊前石狮子前爪下的绣球竟现出了秦百万的狗头狗脸。那狗嘴还是上唇短、下唇长偷咬人的那种。时间愈久刻纹愈深,时间愈长鼻眼愈像。知底儿的人说:

"那活儿出自肖三之手,他用的斧凿是日月风雨!"

不翼而飞的填水脚

黄东明

清嘉庆年间，有个姓魏的贡生，花去一大半家业，终于买得绵竹知县一职。于是，一上任，他便急急盘算着如何大捞一笔。

可这绵竹，唯一的财源就是绵竹年画。绵竹年画声名远扬，其精品被王公大臣竞相收藏。因此魏知县一到任，就四处寻访绘制绵竹年画的绝顶高人。

没两天，还真来了一姓刘的瘦小老头。听说他前年有一张年画竟卖到一千两银子的天价。

绵竹年画自古有个不成文的规矩：画师在主人家作画，到晚上收工时，颜料如有少量剩余，一般画师会用这颜料随便画上几笔，走时带出去换点儿钱贴补家用。可别小看这随便几笔，若是功底深厚的画师，那寥寥几下，很可能就是神来之笔。这就是绵竹年画中最具特色的填水脚。刘老头那张卖了一千两银子的年画，就是这样一张填水脚。

不过，这填水脚一般属于画师，主人家也不好去讨要。所以，魏知县从刘老头开始作画那天起，便以不准人去打扰刘老头作画为名，命衙役守好大门，不准任何人进出后院，这样刘老头就带不走填水脚了。等他完工离开时，再随便找个借口，将那些填水脚全部扣留。

一晃一个月过去了，刘老头结完工钱离开时，竟非常配合，不但让魏知县检查了所有行李，还主动解开衣衫，让魏知县确认他什么都没带走。

等刘老头一走，魏知县急忙推开后院那间专供刘老头作画的小屋，进去一看，却傻了眼。屋里除了那百来张按约定画的年画，竟一张填水脚都没有。衙役们一口咬定，没放一个人进来，刘老头这些日子也从没出门一步。

魏知县想了好半天，也没想出那些本该属于他的填水脚怎么会不翼而飞了。就在这时，魏知县八岁的儿子蹦蹦跳跳地跑进了后院，扯住他的衣袖说："爹爹，我们一起来玩纸鸢。"

"纸鸢？"魏知县眼珠子骨碌碌一阵乱转，突然狠狠抓住儿子的肩膀，"谁教你玩纸鸢的？"儿子被他一抓，吓得哇哇大哭道："是那个画画的老爷爷教的。"

魏知县已经明白那些填水脚的去向了，又不甘心地问起儿子："那些纸鸢呢？"

儿子顺手朝周围的高墙一指，说："都飞到那边去了。飞过去后，爷爷叫我别哭，说他再给我做一个。可做好后，没一会儿，又飞过去了，我就让他又做……"

魏知县一听，顿时气得瘫坐在地：自己千算万算，竟没算过这只老狐狸。刘老头肯定早叫人在墙那边接应，那些填水脚就这样被转移走了。魏知县大吼道："来人哪，去把那刘老头给我抓回来，往死里打！"

还没等衙役们行动，魏知县的儿子已接过话说："爹爹，老爷爷走之前，给了我一张年画，叫我等他走后再交给爹爹。"说完跑回屋，拿出一张画来。

魏知县抢过画，只看了一眼，就气昏了过去。

原来，刘老头画的是一只干瘪的老鼠戴着一顶乌纱帽，正咬牙切齿地大叫——我是一只愚蠢的硕鼠！

水 跛 子

执手相看

　　水跛子入围桑城社会名流，不是因为他左脚残疾，走路高低起伏，而是与他的手艺有关。

　　水跛子的手艺是剃头。

　　水跛子天生不是跛子。七岁那年，他突然害了一种病，高烧不退，胡言乱语。几经折腾，他的命是保住了，腿却跛了。怕他日后不好混饭，十三岁的时候，父亲就弄他到理发店学手艺。那时的理发程序，包括理、剪、剃、刮、捏、拿、捶、按、掏、剔等，比现在复杂得多，且有"未学剃头，先学剃刀"的说法。在师傅的指教下，水跛子先是苦练了几个月的"摇手"功夫，然后用剃刀在自己的手、脚上反复试刮，直到刮无疼痛为止。独立操刀半年，其剃头功夫竟远远超过了师傅。

　　水跛子剃头，先是把剃刀在牛皮上来回晃荡几下，然后用拇指在刀口轻轻一刮，觉得锋利了，才进入正题。接下来手腕扭动，刀在头皮上游走，似微风吹过，发出沙沙沙的蚕食声，极具催眠效果，让人很快就进入了梦乡。等一套程序结束，顾客顿感耳聪目明，浑身轻松。一摸脑袋，葫芦瓢抹了清油一样光滑，苍蝇都无法立足。

　　那时剃一个头五毛钱，但人们收入都不高，剃头可以减少理发的次数，能省则省。所以，剃头的人多。理发店是自收自支的集体单位，按均分配，吃的是大锅饭。找水跛子剃头的比别人多，但他的工资却和别人一样。不一样的是，每年年终，店里都要发给他一张先进工作者的奖状。水跛子对收入并不计较，依然视店如家，任劳任怨。

20世纪80年代，理发店解体。水跛子别无专长，就开了家个体理发店，收费涨到了两元，但收入却并不怎么好。原因是，人们不知道中了啥邪，突然喜留长发了。水跛子的同行与时俱进，把理发店改成了美发中心，主营剪、卷、烫、染、削、拉等新业务。票子流水一样，哗哗哗地流进腰包。

你咋不那么干呢？李老问水跛子。

化学药品，伤皮毛。再说，胡乱抓挠几下，就收二三十元，抵农民卖头小猪，昧良心啦！

水跛子嘴上这样说，其实是担心自己年纪大了，学不好那些玩意儿。当然，就算学好了，也很少有人来找一个老头子洗发的。

1987年，也就是水跛子六十岁的时候，店里开始入不敷出。无奈之下，水跛子一声叹息，收拾起那套跟了他几十年的工具，关门停业，成了无所事事的闲人，到处看别人下象棋打发日子。

水跛子老婆阿兰，年轻时候，也算得上桑城的一朵花。要不是家里穷，有点残疾，永远也不可能插在他这堆牛粪上。可阿兰的肚子就像漏气的皮球，怎么打气也鼓胀不起来。到桑城医院看了，吃了多年的药，依然还是漏气。后来去了更大的医院，说天生无法怀孕。不久，阿兰死于车祸。不孝有三，无后为大，断了香火，水跛子觉得愧对先人，但也只能望天兴叹。当他知道刘爪爪能治愈不孕症时，肠子都悔青了。心想，咋就没在老婆死前遇到刘爪爪呢？自己已七老八十了，遇到刘爪爪也没用啦！

水跛子一个人闲得有些无聊，同时断了收入，手里也越来越紧巴。可社区安排他去敬老院时，他一听就火了，说，我有脚有手的，凭啥？！

水跛子逐渐被人们遗忘，但不久之后，却因为给李老剃头，他再度成为桑城街谈巷议的热点人物。

李老博古通今，写得一手好字和古诗词，但新中国成立前系国民党高官，投诚后一直隐居桑城，从不敢声张。直到"文革"结束，方敢彰显才华，他深得书法、诗词界同行敬重。其一百岁生日那天，外地几个号称国学大师的大学教授，身着长衫、手捧书籍前来拜寿，见面就行五体投地大

礼。李老一时性起，马步一蹬，凝神定气，挥毫泼墨，现场赋《百岁感怀》古体诗一首：

> 奢望人生百岁过，今日百岁又如何？
> 才低倚马新思少，技拙雕虫旧样多。
> 搔手乍惊锋退笔，怆怀难靖海扬波。
> 校雠本是吾家事，滴露研末细琢磨。

诗意隽永，字迹古朴苍劲，在场的同行和地方官员，无不拍手惊叹。叹毕，看李老，马步依然，久久不动，过去一探鼻息，才发现人已驾鹤西去。

地方政府为做出重视文化的样子，决定厚葬李老，但却找不到给李老剃头的人。去了许多发廊，都说只会洗，不会剃。还说，就算会，也不想给死人剃头，怕晚上睡不着觉。

桑城习惯，人死了，都要剃头。据说如果不剃，就投不了胎。入土前，要净身更衣，更要剃头。《周公解梦》有言：梦见给别人剃头，会遭受损失。所以除了死者家人，谁都不愿意给死人剃头。但李老孑然一身，没有家人。

找水跛子。有人说。

他还在？

在，昨天还在公园看下象棋。

听说是给死人剃头，水跛子直摇脑袋。

你随便开个价。

水跛子还是摇头，说不是钱的问题。

看来李老无法投胎啦！来人无可奈何地叹道。

李老？哪个李老？水跛子突然一把拉住来人，问道。

还有哪个李老？作诗写字那个。

等一下，我去！

事毕，水跛子死活都不要钱。

少了？

不是。

再加三百。有领导当场表态。

水跛子眼一横，把钱扔在地上，哼了一声，高低起伏地走了。

从那以后水跛子不再给死人剃头。

不久，一富豪车祸身亡，叫水跛子剃头。先是许以重金，不干；后是拳打脚踢，还是不干；最后是跪下来哀求，依然不干，袖子一甩，看下象棋去了。

再后来，一官员父亲过世。官员家人都怕接触死人，就叫人去请水跛子。

水跛子门也不开，说手抽筋，剃不了！

摆啥臭架子？在桑城还没有我喊不动的人！领导很不高兴，就亲自前往。敲了半天门，都没反应。问邻居，说肯定在家。再敲，依然没反应。推门，门却没关。进屋一看，见水跛子端坐椅子上面，脑袋光光溜溜的。左边的茶几上，一套剃头的行头摆放得整整齐齐。花白干枯的头发，散落一地。

喊水跛子，没应声。手挨近鼻子一探，才发现，人，早已断气。

发　痴

赵淑萍

小巷深处，有一家理发店。门还是老式的木板，那墙已蚀迹斑斑。春天，墙上的绿藤缀几朵嫩黄的花。秋阳下，狗儿慵懒地抹着眼睛，偶有几片叶子枯蝶一样落在檐前。年轻人是不上这个理发店理发的。那个年老的理发师，只给一些上年纪的男人或小孩儿理发，现在不断翻新的发式，他大概也不会吧。

生意不咸不淡，一到下午，他就把门一关，谁也不知道他在里面做什么。

人们叫他"发痴"，意即他一见头发就痴迷。发痴年轻的时候是一个英俊的小伙子，话不多，一操起梳子和剪子，就来了精神。他修理几下，就往镜子里看一阵。大体完成后，他会猫着腰，和主顾面对面，凝视着主顾的头发，那目光就像审视自己的一件雕刻或绘画作品，目光冷峻而挑剔。他精细到对任何一根发丝都不肯放过。最后，倒是主顾坐不住了。"你快点儿，这样已经蛮好了。"顾客催他。从他店里出来，人人都焕然一新，神采奕奕。"发痴"的外号也就那样取出来了。理发店旁边是个中学，一些老师常到他这里理发。一位老师还建议这个店挂个招牌：一丝不苟。发痴没当一回事。

"文革"开始了，造反派们来撺掇他，要他带上剪子去给挨批的老师剃阴阳头。发痴开始借故推托，可躲得了初一，躲不过十五，他干脆就从镇上消失了。让他剃阴阳头，在发痴看来，那相当于让他下地狱。理起发来如痴似醉的他，铺盖一卷，悄悄返回乡下的老家去了。

后来，"文革"结束，发痴回来了，不是一个人，还带来一个水灵水灵的女人和一个男孩。男孩长得像母亲，清清秀秀。发痴躲到乡下去，结果，一个上海知青给他做了老婆。上海女人白净、优雅。发痴是很疼她的，什么活儿都不让她沾手，甚至女人要帮忙给主顾洗头，他都不肯，唯恐她白嫩纤细的手指会粗糙、肿大。他每天清早生炉子，不让女人接近，等烟散了，水开了，他才让她灌灌开水，同时看住孩子。他们的生意非常好，可晚饭后，发痴就绝不营业，而且关上大门。"他们在做什么呢？"人们交换着疑惑的眼神。

有一天，一个厚脸皮的光棍透过门的缝隙往里张望。他看见发痴正在给他的女人盘头。那女人穿着雅致的旗袍，发痴不仅给她盘高高的春山一样的髻，还给她修眉。消息马上传开了。"怪不得，那女人的眉毛弯弯的、细细的，像裁出来的一样。"女人们满怀羡慕地说。发痴的女人一露面，还是平常的发式，穿着平常的衣裳，那旗袍，怕是只穿给男人和她自己看的。

接着，政策下来了，知青可以回城了。发痴的女人，在家又是独女。"把你老婆看住，别让她跑了。"发痴在理发时，好多位主顾提醒他。

发痴的女人还是回上海了，是发痴主动提出离婚的。发痴很爱孩子，上海女人把孩子留给了他。父子俩相依为命。那孩子也真乖，他父亲理发，他就一个人在理发店里看小人书或在一个竹匾里玩弹珠。

孩子中学毕业，成绩出众。发痴咬咬牙，把他送往上海他母亲那里去。毕竟，大城市里的教育质量更好。

发痴成了单身汉。他的话更少了。不知从什么时候起，发痴再也不打理时尚的发型了。镇上别家的理发店门口挂起转动的彩条灯，橱窗边贴出一个个头发油光可鉴的模特儿的照片，而他的理发店还跟二十年前一样。姑娘、小伙儿自然不上他的店去，镇上上年纪的人却无一例外都到他这里理发。他一如既往地认真，只是，一到下午，他的店就关门，雷打不动。开始有一阵，有人叫门，要理发，他硬是不开，后来人们就习以为常了。

人们猜疑，发痴关门，一个人在里边做些什么？门内没有什么响动，

傍晚,门开了,发痴站到街头,望那逐渐亮出来的星星。月亮升起来了,他蹲在地上,眼神痴痴的,好像胸中就只有一个月亮,街巷的一切都与他无关。

一天下午,一个小男孩的一颗弹珠滚进了他木门槛下的缝道里。孩子伸手去捡,却捡不到。那可是一颗嵌着花纹的弹珠,小男孩大声地叫着,几乎带了哭腔。发痴竟然心软,破例来开门,还带他进去一起找。

这时,小男孩看到了那一幕:发痴的屋里居然有一个新式的头模,那上面是盘了一半的头发。那个发式,非常漂亮,就像新婚嫁娘的那一种。旁边还放着一朵绢质的红玫瑰,还有许多发夹。

我们这里在那个时候的民俗,闺女出嫁当天就是要盘梳那样的发式,春山一样的发式。

孩子回家后,比画着把看到的情景讲给他母亲听。旁边的祖母悠悠地开了腔:"当初,他就是那样给上海女人盘头的。"祖母还说:"发痴要推出这样的发型,生意肯定热火。唉,放走了女人,他落得一场空啊。"

刺 绣

江双世

阳光明媚的日子,亚男会坐在门前的石阶上,一手拿针,一手拿一块白绸布,专注地绣着什么。

亚男从小就讨人喜欢。她声音清脆,歌声动听,村人见了她,就说,亚男,唱一个。亚男就唱一个。听完,村人就鼓掌,说,亚男将来能当歌唱家。可惜亚男家穷,母亲在她两岁时去世了。亚男六岁那年,发高烧,父亲没钱送她去医院治,就在家用土法治,结果烧坏了声带,再也发不出声了。

从此父亲的腰弯了,再也没直起来,看亚男的目光也躲躲闪闪。亚男想要什么,就扯扯爹的衣襟。爹看她的目光望向什么,就赶紧掏钱买。若当时钱不够,过后也筹钱买给她。亚男十岁那年,迷上了刺绣。爹挣的钱几乎都买了绸缎和针线。

鲁西北地区,几乎家家有人会刺绣,不过都是老人,年轻人忙着挣钱,没人学了。逢年过节,老人们就忙着给孙子孙女绣虎头鞋凤头帽子,要不就在新衣裳上绣一朵小花,或小动物。亚男就在这时候东家串西家,见谁家做刺绣,就坐在旁边,忽闪着两只透亮的眼睛,看得入迷。村里人觉得亚男这么可爱却不会说话,都惋惜。谁也没在意小小年纪的她,竟然这么看着看着,学会了刺绣。开初她拉爹的衣襟要针线和绸布时,爹只道是小孩子贪玩,有这个事做总比在外面疯跑强。

亚男得了针线和绸布后,就躲到房间里,很少出来。爹里里外外地忙,

也顾不得她。吃晚饭时，爹一抬头看见女儿的左手中指和食指红肿了，抢过来一看，竟是让针扎的。爹的泪"哗"就下来了。爹说，闺女，咱不学刺绣了好不好，咱学别的。亚男抽回手，冲爹笑着摇了摇头。

冬去春来，亚男的刺绣越来越精致。婶子大妈见了都惊讶，比她们绣得都好哩！亚男不光能绣虎头凤头小花小动物，她还能照着小人书绣人物故事。村里赵老师的儿子大龙常去找亚男玩，他家有很多小人书。亚男识字不多，大龙就当起义务说书人。《西游记》《隋唐演义》《儿女英雄传》《聊斋志异》《红楼梦》……亚男听大龙读小人书时，眼睛里闪烁着光芒，仿佛有两只看不见摸不着的小手从眼睛里伸出来，将小人书上的人物都捉进眼里，等刺绣时再把他们放到绸布上，绸布上的人物就活了一般，喜怒哀乐，各具神韵。

转眼间，大龙考上高中，要去外地住校，不能天天去陪亚男了。那天晚上，大龙去向亚男辞行，亚男做着刺绣听大龙说完，表情平静。大龙坐在一旁，痴痴地看着她，像总也看不够似的。那一刻，亚男读懂了大龙的心。亚男就在那温柔的笼罩下做着刺绣。月牙儿一点一点地升上树梢，不安分的月光从窗户探进头，打量着两个痴心人。

不知过了多久，亚男抬头冲大龙眨眨眼。大龙会意，起身看亚男的刺绣，是《天仙配》里的一个画面，一条大河，横在一对男女之间。再看那对男女，分明就是神情忧郁的大龙和亚男！

大龙的泪汹涌而下。

亚男凄然一笑，将刺绣放在大龙手里。

大龙每个礼拜回家的日子，是亚男最开心的日子，平日不太爱笑的亚男，在大龙回家前一两日，笑容一点一点绽放了。亚男爹看见女儿笑了，他也笑了。大龙回来的晚上，必去见亚男，一个刺绣，一个坐一旁痴痴地看。亚男绣完，送给大龙，大龙就揣一怀温暖回家。

此时爹会给亡妻的遗像上一炷香，再在院子的方桌上摆两只酒盅，一只斟满酒，另一只也斟满酒，然后端起其中一只慢慢地品，品得有滋有味。

大龙上高三时，回家的次数少了。有时，几个星期见不到面。见到了，也是待一会儿就走,说学业繁重,不敢耽搁。爹看着女儿一天天消瘦的脸,不知怎么办好,他在院子里转了一圈又一圈,不知转了多少圈,突然开门出去了。爹去找大龙爹喝酒。爹闷头一杯接一杯地喝。大龙爹看着他,喝一杯酒说一句话。

大龙这孩子学习不错,估计能考上大学。

爹没说话。

考上大学就不回来了,以后就在城里工作生活了。

爹仍没说话。

趁亚男还小,早点给她找个婆家吧。

爹又连喝了三杯酒,起身,摇摇晃晃走了。

回到家,爹对着猪圈哇哇地吐了。

大龙考上大学了。大龙爹大摆宴席,邀请亚男和爹去。爹看看亚男,亚男表情平静。她把这些年的刺绣搬出来,一件一件挂在大门外。

爹先看得呆了。爹被那些人物故事吸引住了,随人物的喜而喜,随人物的悲而悲。接着,许多路人也不由得停下脚步。一时间,人们像着了魔似的,有的哭,有的笑……一群蝴蝶飞来,在那些花啊草啊之间盘旋,久久不愿离去。亚男仰望着那些蝴蝶,展开双臂,像蝴蝶一样舞起来。

夜里,亚男静静地坐在房间里,隐约听到大龙的叫声:亚男。

亚男的泪夺眶而出。

师　　徒

识　丁

　　师傅是教做风箱的师傅。

　　徒弟是学做风箱的徒弟。

　　这家的师傅只有一个，可这家师傅究竟教过多少个徒弟，师傅自己也说不清楚。

　　师傅的手艺好，脾气更好，多少年来，从来都没有吵骂过任何一个徒弟。即使徒弟调皮偷懒，师傅也总是耐心地劝导，说艺多不压人，说学了本事是自己的，说浪费了好时光将来后悔来不及。

　　师傅收徒弟不收学费，学三年保你出师自立。每当徒弟三年期满离去之时，无不哭哭泣泣，不肯离去。

　　这时候师傅也很难过，但还是说，去吧，去吧，父子也有分家的时候。

　　师傅还说，当师傅的也不吃亏，徒弟为了学手艺，为师傅整整干了三年活儿，要细算起来，师傅还欠徒弟的呢。

　　可是，在师傅到了六十岁上，脾气好像忽然一下子变坏了，性情也变古怪了。新收来不久的小徒弟富儿，心灵手巧，勤勤快快，做起活儿来是明显比别的徒弟高出一截儿，应该说是个无可挑剔的好孩子。可师傅不但不喜欢，反而还吵他训他，硬是派出他的许多不是；还说狂气逞能的难听话，打击富儿的积极性，动不动就要把富儿赶出去。

　　其他的徒弟都同情富儿，都劝师傅不要这样，说富儿不错的。

　　富儿可不傻，他知道师傅嫌弃他，一是怕他学好了叫别的徒弟说师傅偏心，二是怕他的手艺超过了师傅，将来把师傅的饭碗给夺了。所以富儿就愈加用功，愈加刻苦，在气急了的时候，就一边狠狠地做活，一边心里说，老头儿，三年之后，我叫你好看。

师傅的身体是日渐地衰老。

师傅的精神头儿是明显不如以往了。

师傅从此没有再收徒。

三年之后，师傅把最后一批徒弟全送走，单单把富儿留下来，说他学得差，还要继续学。

富儿一句话没说，放下行李继续做活儿。富儿心里想，这哪里是学，分明是替师傅做活儿罢了。

但富儿还是认认真真地做，富儿是个聪明的孩子，他明白，力气是攒不住的，肯出力多做活儿，手艺自然好——熟能生巧嘛。

到了第四年的这个时候，富儿说，师傅，我该走了。

不想师傅把脸一沉，说，不行，继续学。

富儿只有留下来，继续耐下性子做他那常年一成不变的活儿，所以富儿做出的活儿是愈加精美，愈加地道。他敢说，他做出的风箱拿到镇集上是独一无二的。

其实，在三年学期里，富儿的手艺，别说是师兄，就是师傅也比不上了。尤其这两三年，师傅基本上没有教过他什么，只是在一旁观看，或是把他做成的风箱验收似的这儿摸摸那儿敲敲而已。

到了第五个年头上，富儿忍无可忍了，没给师傅打一声招呼，就自作主张背起铺盖走人了。

富儿回到自己家里，又是弄木料，又是解木板，很快就做出来几个好风箱。

富儿把风箱弄到集市上一摆，一下子就吸引过来很多人，他们无不竖起大拇指，赞不绝口。从做工上看，富儿的风箱确实把同行的风箱都盖了。

富儿显得挺得意，甚至都有了几分神气。

其他卖风箱的人都气愤不已。

可是，当买风箱的人一试风，在场的人全都呆了——风箱是一点儿风气也没有。

富儿傻了，他根本就没想到这一层。富儿摆弄几下不见效果，才知道是师傅留下了拿他的后手。

买风箱的人都笑话他说，一看样子怪不孬的，可一拉，屁滋似的一点儿风。

同行们都是一脸幸灾乐祸的笑。

富儿垂头丧气地把风箱弄回家，只有满面含羞找师傅。

师傅一见富儿，没好气地问，你怎么回来了？

富儿低着头说，师傅，我错了。

师傅的心立时就软了，两行热泪滚滚而落。

师傅说他也走过富儿的路，当年跟师傅学徒的时候，师傅看他出手不凡，就故意排挤他。所以他就愈加拼命学，目的是等三年期满再报师傅的排挤之仇。

师傅说他当时年轻气傲，目空一切，觉着自己心灵手巧，非同一般，用不了三年就能把师傅的手艺学到手。

师傅说他的风箱一上市，就把他师傅的饭碗给争了，听说把他师傅都给气病了。

师傅说，我早知道你的手艺要超过师傅的，但并不等于没有比你更高的人，师傅故意亏待你，是逼你发狠心，下苦功，不仅仅要超过自己的师傅，还要超过比师傅更高的人。

师傅还说，师傅心里明白，你的风箱一上市，师傅就只有歇活儿了，但当师傅的不能不这么做啊，也算是向我那九泉之下的师傅认个错儿。

说着，师傅就拿出一把小刨刀，让富儿看好了，冲准风箱里面的某个要点，只一下，就把风的问题解决了。

富儿一惊——原来如此！

师傅又说，富儿，你要不想成个师傅似的半灯油，就别先忙着做卖活儿，再在师傅这儿下一年苦工，你会学到很多师傅没法教的东西。不过，这要

随你自己的心，反正师傅这点本事全都抖搂给你了。

富儿早已跪在地上，哽哽咽咽地说，师傅，我把东西搬回来，我要在您的身边做，我要孝敬您一辈子。

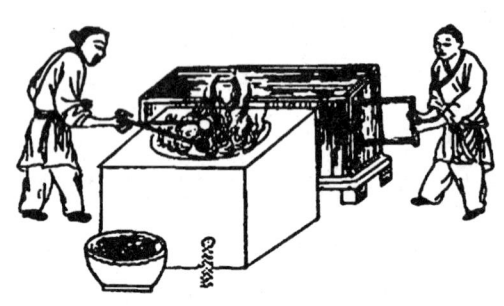